나는 당신이 살았으면 좋겠습니다

나는 당신이 살았으면 좋겠습니다
조울병 의사가 들려주는 조울병 이야기

초판 1쇄 발행 | 2018년 2월 8일
초판 7쇄 발행 | 2021년 1월 17일

지은이 안경희
발행인 한명선

편집 김화영 나은심
마케팅 배성진 **관리** 이영혜
디자인 모리스

주소 서울시 종로구 평창길 329(우편번호 03003)
문의전화 02-394-1037(편집) 02-394-1047(마케팅)
팩스 02-394-1029
전자우편 saeum98@hanmail.net
블로그 blog.naver.com/saeumpub
페이스북 facebook.com/saeumbooks
인스타그램 instagram.com/saeumbooks

발행처 (주)새움출판사
출판등록 1998년 8월 28일(제10-1633호)

ⓒ안경희, 2018
ISBN 979-11-87192-78-7 03810

• 잘못된 책은 바꾸어 드립니다.
• 책값은 뒤표지에 있습니다.

나는 당신이
살았으면
좋겠습니다

조울병 의사가 들려주는 조울병 이야기

안경희 지음

새흠

사람을 무장해제시키는 것은
칼바람이 아니라 따뜻한 햇볕입니다.

차례

1 병 이야기

2
치료 이야기

[3]
삶 이야기

일러두기
'조울증'이라는 단어가 보편적으로 사용되지만,
'-증'은 일시적인 증상의 뉘앙스가 강하기 때문에
공식 의학용어를 따라 '조울병'이라는 명칭을 사용했습니다.

나는 조울병 의사입니다

저는 의사입니다.

그리고 조울병 환자입니다.

지금은 치료하여 증상 없이 잘 지내고 있지만, 조울병은 제 삶과 쭉 함께할 동반자입니다.

병은 누구에게나 예외 없이 찾아오지만, 의사는 이를 자신의 현실로 받아들이기가 쉽지 않습니다. 처음에는 몰랐습니다. 병이라고 생각하지 않았고, 부인했고, 거부했습니다. 그러다가 제가 진료했던 환자들처럼 저 역시 병으로 인해 제 삶에서 중요한 것들을 잃었습니다. 제 병을 일찍이 알고 인정했다면 잃지 않을 수 있었던 것들입니다.

조울병은 빛과 그림자가 있는 병입니다. 조증일 때는 활기차고 일의 성과가 높아 다른 사람들보다 성공할 수도 있습니다. 그 상태로 유지된다면 좋겠지만, 대개 조울병의 감정 기복과 충동성은 점차 심해집니다. 심한 조증이나 우울증 상태가 되어 그 제야 병원을 찾거나, 극단적인 선택을 하기도 합니다. 자살의 첫째 원인으로 우울증이 꼽히는데, 조울병은 우울증보다 자살 위험이 더 높습니다.

처음에는 스스로를 돌아보고 다독이기 위해 글을 썼습니다. 쓰다 보니, 예전에 누가 내게 이런 말을 해주었으면 좋았을 텐데, 하는 생각이 들었습니다. 저는 시기를 놓쳐 소중한 것을 잃기 전까지 치료자를 찾지 않았습니다. 내가 정신질환자라는 고백이 부끄러웠고, 한때 동료였던 그들의 시선이 치료자가 환자를 보는 시선으로 바뀌는 것이 두려웠습니다(환자와 치료자는 평등한 관계지만, 가끔 현실은 이상과 다를 때도 있습니다).

환자가 되어 여러 치료자를 만났습니다. 실제로 그런 시선으로 저를 대한 사람도 있었으나(어쩌면 저의 마음이 불편해서 그렇게 느꼈을 수도 있겠지요), 동료로서 동반자로서 진심으로 공감하고 마음에 힘을 주었던 이도 있었습니다. 덕분에 저는 제가 알던 지식을 저의 현실과 융화시킬 수 있었고, 편견과 두려움을 극복하고 세상에 저를 드러낼 수 있게 되었습니다.

만약 예전의 저처럼 불안해하고 세상에서 숨어버리고 싶은 사람이 있다면, 당신을 이해한다고 이야기해주고 싶었습니다. 당신의 상황일 수도 있는 나의 경험에 대해서, 병과 치료에 대해서, 삶에서 부딪치는 어려움과 그럼에도 불구하고 살아나갈 용기에 대해서 허심탄회하게 이야기를 나누고 싶었습니다. 이 책은 그러한 저의 작은 시도입니다.

제1부 '병 이야기'에서는 환자인 저의 이야기를 에세이 형식으로 썼습니다. 병의 증상과 경과를 제가 직접 겪은 경험 속에 녹여내어 알기 쉽게 전달하고자 했습니다. 조울병이 어떻게 시

작되고 어떤 특징을 가지며 어떻게 진행되는지 한 사람의 진솔한 삶의 이야기를 통해 공감과 위로를 드리고자 했습니다.

제2부 '치료 이야기'에서는 의사로서 조울병의 치료에 대해 썼습니다. 제가 주치의라면 감정의 부침 앞에 힘들어하는 사람들에게 이런 말을 해줄 수 있겠다는 마음을 담았습니다. 조울병에 대한 학계 지식이나 치료에 대한 정보가 많아 1부보다는 조금 전문적이고 딱딱하게 느껴질 수 있습니다. 조울병에 대해 실제로 관심이 있고 신뢰성 있는 정보를 원하시는 분들께 도움이 될 것입니다.

제3부 '삶 이야기'에서는 삶의 순간순간 힘겨운 파도를 마주친 당신께 전해드리고 싶은 편지를 썼습니다. 너무 힘들어 막다른 골목에 몰린 것 같았을 때, 이제 그만 모든 것이 끝나도 좋다고 생각했을 때, 저를 살려낸 것은 어느 순간 제 마음속으로 스며들어온 위로였습니다. 당신이 삶을 위태롭게 느낄 때, 너무 막

막해서 앞이 보이지 않을 때, 곁에 당신을 이해해줄 사람이 아무도 없는 것처럼 느낄 때, 당신에게도 그런 위로를 전할 수 있기를 바라면서 제 마음을 담았습니다. 꼭 순서대로 읽지 않고 목차에서 자신에게 필요한 꼭지를 찾아 먼저 읽어도 좋을 것입니다.

저의 이야기를 공개하는 것에 대해 많은 주저와 두려움이 있었지만, 더 많은 사람들이 조울병에 대해 잘 알고 조기에 대처하여 저와 같은 아픔을 겪지 않기를 바라면서 용기를 냅니다. 흔들리는 당신의 마음에도 작은 힘과 위안이 될 수 있으면 좋겠습니다.

안경희 드림

1

병 이야기

안부를 묻는 말에 나는 괜찮다고 대답했다.
더 힘을 내어 일했고 적극적으로 사람들과 어울렸다.
그러나 나는 정말 괜찮았던 것일까.

양극단에
있는 아이

🍂

병원 의무기록에서는 주요호소증상chief complaint, 즉 병원에 오게 된 주요한 문제를 가장 먼저 쓰고, 이어서 발병 시기를 쓴다. 나의 병은 언제부터 시작되었을까 생각해보면, 아마도 증상이 뚜렷하게 나타나기 시작한 것은 사춘기부터가 아니었을까 싶다.

어렸을 때 나는 아주 순둥이였다고 한다. 유치원에 다니던 무렵, 가족들과 놀이동산에 갔다가 마음에 꼭 드는 예쁜 목걸이 볼펜을 샀다. 아까워서 쓰지도 못하고 조심조심 만져보기만 하다가 처음 목에 걸고 유치원에 간 날, 선생님이 그 볼펜을 보고 장난을 걸었다.

"볼펜 참 예쁘다. 그거 선생님 줄래?"

나는 두말하지 않고 묵묵히 목걸이 볼펜을 벗어 선생님에게 주었다. 선생님은 내가 순순히 볼펜을 건네자 별거 아닌가 보다 생각했다고 한다.

나는 종일 눈물을 참고 참다가 집에 와서 와락 터뜨렸다. 내가 하도 서럽게 울자 유치원에 전화를 걸어 자초지종을 알게 된 어머니와 선생님은 기가 막혀 말을 잇지 못했다.

"아니, 그렇게 아끼는 물건이면 싫다고 한마디라도 하면 될 것을……."

할 말도 제대로 못하고 제 앞가림도 못하면 어쩌나 했던 어머니의 걱정이 무색하게 나는 자라면서 쾌활해지고 자기주장도 강한 아이가 되었다. 초등학교 때는 발표도 잘하고 구연 대회마다 나가 상을 휩쓸었다. 말솜씨는 토론 시간에 빛을 발했는데, 말을 하도 잘해서 변호사가 적성일 거라는 말까지 들었다.

중고등학교 시절 사춘기를 호되게 겪으면서 내가 기분 기복이 심하고 화가 나면 물불 안 가리는 성격이라는 것을 알았다. "그런 면은 네 아버지를 꼭 닮았다"고 어머니는 한탄하셨지만 바깥에서 큰 사고 치지 않고 어쨌거나 제도권 안에 잘 머물러 있었던 것은 조심스럽고 얌전했던 어머니를 닮은 면도 있었기 때문일 것이다.

나는 가끔 한 번씩 어떤 일에 빠지면 잠도 안 자고 그것에 매달리곤 했었다. 가장 선명하게 기억나는 것은 고등학교 때 소설 습작이다.

글 쓰기 좋아하는 친구들 몇몇이 모여 연재소설 형식으로 일주일에 한 번씩 소설을 써서 교환해 읽었는데, 내 소설은 꽤 인기가 있어 우리 그룹이 아닌 친구들도 많이 읽었다. 친구들이 다음 편 언제 나오냐, 너무 재미있다, 소설가 되라며 과장되게 칭찬해주면 나는 춤추는 고래처럼 신이 나서 밤새도록 다음 편을 썼다. 말 그대로 피곤한 줄도 몰랐다. 새벽에도 눈이 또랑또랑했던 것이 지금도 기억이 난다. 내가 글쓰기에 특별한 재능이 있는 것 같았고, 소설가가 될까 하는 생각도 '정말로' 했다.

되짚어 생각해보면 그때 나는 아마도 경조증(가벼운 조증) 상태였지 싶다. 의기양양하고 들뜬 기분, 목표 지향적인 활동 증가, 수면 욕구 감소, 자신에 대한 과대감은 조증의 대표적인 증상이다. 정신건강의학과 필수 교과서 중 하나인 〈DSM-5〉(정신질환 진단 기준이 총망라된 가장 공신력 있는 정신건강의학과 진단 매뉴얼)를 보면, 양극성장애에서 첫 증상이 발생하는 평균 연령은 약 18세다. 고등학교 시절 회상이 정확하지 않을 수도 있겠지만, 만약 병원에 재직하던 시절 내 환자가 같은 이야기를 들려주었다면 나는 의심 없이 이것을 그의 첫 번째 증상 발현이라고 보았을 것이다.

기분이 좋을 때는 한없이 밝고 외향적이었지만, 기분이 가라앉으면 작은 일에도 예민하고 금방 우울해져 극단적인 생각까지 곧잘 가곤 했다. 조울병의 '그림자'에 해당하는 면이다. 조증만 가지고 있는 사람은 많지 않다(통계적으로 약 10% 정도). 대개의 경우 조증과 우울증을 둘 다 겪는데, 그중에서도 조증 직후에 바로 우울증이 따르는 경우가 전체의 60%가량 된다. 나도 그중 하나였다.

조증일 때는 햇살이 비치는 것처럼 세상이 밝고 활력이 넘쳐 보였다. 그러나 우울증이 오면 마음은 구름이 낀 것처럼 어둡고 삶에 희망이란 보이지 않았다.

빛이 밝을수록 그림자가 짙듯이, 조증 직후에 우울증이 오면 더 깊은 상실감과 우울함을 느꼈다. 바로 며칠 전에는 내가 어떻게 그렇게 즐거울 수 있었는지 상상이 되지 않았다. 어떤 것을 해도 재미가 없고 그냥 모든 게 짜증스럽기만 했다.

다른 사람에게 어두운 티를 내고 싶지 않아 친구들과 함께 있을 땐 하하호호 하다가도, 돌아서면 마치 가면을 벗은 듯 무표정해져 '나는 뭘 하고 있는 거지' 생각하며 무거운 발걸음을 옮겼다. 공부하기 싫어 방에 벌렁 드러누워 있으면, 공부를 안 해서 성적이 떨어지고 원하는 대학에 가지 못하고 인생은 실패하고······. 생각이 꼬리에 꼬리를 물고 끝없는 어둠 속으로 빠져들었다.

그러다가도 큰 상을 받는다든지, 잘했다고 칭찬을 듣는다든지 하는 좋은 일이 있으면 갑자기 다시 기분이 좋아져서 수다스러워지고 발걸음도 가벼워져 둥둥 떠오르는 듯했다. 그럴 때는 우울함은 싹 날아가고 다시 신이 나서 활개를 치고 다녔다. 다른 사람들보다 현저히 폭이 큰 기분 기복은 그야말로 예측 불허였다.

이렇게 시시때때로 양극단을 오가는 기분을 감당하고 적응하는 것 자체가 당사자에게는 심리적 에너지를 상당히 소모하는 일이기에, 십대 무렵부터 나는 이미 심적으로 지쳐 있었다. 사는 것이 지겹고 빨리 죽었으면 좋겠다는 생각을 자주 했다. 자신의 불안정한 마음을 다스리기 위해 고등학교 시절부터 웬만한 심리학 책은 다 읽었고 심리학과 진학을 고려한 적도 있으나 실제로 가지는 않았다.

조울병이라는
파도타기

🦋

흔히 조증이라고 하면 미친 사람처럼 웃고 떠들며 오버하는 이미지를 떠올리는데, 반드시 그렇지는 않다. 특히 경조증 상태에서는 활달하고 재미있고 우수한 사람으로 선망받는 경우도 많다.

조증의 핵심은 '들뜬 기분'과 '에너지 증가'다. 들뜬 기분은 긍정적이고 유머러스한 모습으로, 에너지 증가는 활기차고 열정적인 모습으로 보일 수 있다. 주위 사람들에게 호감을 주고 일도 추진력 있게 잘 해내기 때문에 학급 임원이나 집단 대표로 선출되는 경우도 곤잘 있다.

대학교에 입학하자마자 나는 1학년 과대표가 되었다. 의사가 된 것은 나중에 의학전문대학원에 진학해 졸업한 이후의 일이고, 학부 전공은 경영학이었다. 과에는 여학생보다 남학생이 더 많았고, 얌전하고 튀지 않으려 하는 다른 여학생들과 달리 나는 낯선 사람들과도 잘 어울리고 활기차게 술자리 분위기를 주도하며 인기를 끌었다. 과를 위해서라면 몸을 사리지 않고 나섰고, 거침없는 행동도 사내아이 같은 데가 있었다. 목이 쉬도록 누구보다 크게 과 구호를 외쳤고, 축제 때는 온갖 몸개그를 동원하여 과를 위해 이 한 몸 불살랐다. 사람들은 깔깔대며 즐거워했고, 나 역시 흥이 잔뜩 오른 당시에는 창피한 줄도 몰랐다.

그러나 조울병은 기분이 파도를 타는 병이다. 높이 오른 잠깐은 신이 나고 하늘을 날 것 같지만, 우울증의 바닥으로 내동댕이쳐지는 순간이 반드시 온다. 조증 시기와 우울증 시기의 대비는 여러 면에서 당사자를 힘들게 한다. 조증 때 들뜨고 행복했던 만큼 우울증이 오면 더 깊이 가라앉고 더욱 불행하다고 느낀다. 조증 때 즐겁게 했던 행동들이 우울증이 오면 과장되고 수치스럽게 여겨져 더욱 깊은 우울의 늪으로 빠져들기도 한다.

바로 내가 그랬다. 술에 만취해서 주정 부린 것을 술 깨고 나서 후회하듯이, 기분과 분위기의 상승세를 타고 했던 내 '오버' 행동들은 그 순간이 지나가고 나면 창피하기 짝이 없었다. 기분은 끝도 없이 바닥으로 굴러떨어져 한동안 우울해하며 사람들을 피해 다녔다. 멀리서 친구들이 나를 가리키며 웃으면 전에는 뿌듯한 기분이 들었는데 이제는 꼭 나를 비웃는 것 같았다. 기분이 들떴을 때는 다른 사람들의 시선에 전혀 신경을 안 쓰다가, 기분이 우울해지니 혼자 있을 때도 '남들이 나를 어떻게 생각할까' 하는 상념이 머리를 떠나지 않았다. 내가 하는 짓이 바보 같고 쓸모없게 느껴져 나도 모르게 위축되었고, 부끄러운 과거를 지우고 싶어 죽고 싶다는 생각이 든 적도 있었다.

당시에는 이유를 몰랐기 때문에 내가 예민하고 이상한 아이라고 생각했다. 성격 문제라고 생각했으므로 원인을 찾기보다 우선 이 괴로움을 빠져나갈 해결책을 찾는 데 급급했다.

가장 쉬운 방법은 회피였다. 학기를 마치자마자 '과방'을 떠나 동아리에 새로 둥지를 틀었다. 과거의 내 모습을 아는 사람들이 없는 곳으로 소속 집단을 바꾸자 우울증은 나아졌다. 동아리에서도 임원을 맡았지만 이전 아픔을 교훈 삼아 동아리에서는 튀는 짓을 하지 않았고, 지금도 동아리 생활은 즐거운 기억으로 남아 있다.

좋은 대학교를 무난히 졸업하고 대기업에 취직했다. 활달하고 인사 잘하는 신입사원이었다. 사람들과 어울리기를 좋아했고, 회식도 마다하지 않았다. 중요한 프로젝트가 있을 때는 밤 늦게까지 야근해도 별로 피곤하지 않았다. 싹싹하고 일도 잘한 다고 상사들에게 예쁨을 많이 받았다. 원래의 내향적인 성격과 기저의 우울은 늘 내 안에 깔려 있었지만, 이때는 조울병의 좋은 면이 많이 발휘된 시기였다고 생각한다.

이런 모습들이 아주 낯설거나 특이하게 느껴지지는 않았으면 좋겠다. 주위에 이런 사람 한둘쯤은 있지 않은가? 그 사람들이 모두 조울병이라는 말은 아니다. 나는 다만 조울병이 너무 특이하고 괴팍한 질환으로 여겨지지는 않았으면 한다.

조울병은 인구의 1% 정도가 앓고 있는 병이다. 예전에 조울병을 강의하시던 교수님이 "여기 너희 반 백 명 중에 한 명은 조울병이야"라고 하셔서 모두가 왁자하게 웃은 적이 있다. 설마 내가 그 한 명일 줄은 몰랐지만.

방금 당신이 떠올렸던 그 사람이 진짜 조울병일 수도 있고, 당신과 가까운 사람이 조울병 진단을 받을 수도 있다. 잘 지내다가도 뜻하지 않게 빈혈 진단을 받거나 암 진단을 받을 수 있는 것과 마찬가지로 조울병도 그렇다. 조울병은 성격이나 환경에 큰 문제가 있어서 발병하는 질환이 아니다. 유전적 요인이 상당 부분 작용하지만, 그 유전 역시 내가 원해서 받거나 내 부모가 원해서 물려준 것은 아니다. 누가 병에 걸렸다고 하면 '너 무슨 문제가 있길래?' 하는 시선으로 보기보다는 안타까워하면서 어서 치료받고 잘 나으라고 격려해주지 않는가. 나는 조울병도 그랬으면 좋겠다.

조울병이란?

조울병은 기분이 유쾌하고 들뜬 상태인 조증과 기분이 저조하고 가라앉은 상태인 우울증이 반복적으로 나타나는 병이다. 조증이나 우울증 사이에 정상적인 기분 상태로 지내는 기간도 존재한다. 조증과 우울증은 기분이 정상 범위를 벗어난 이상 상태, 즉 '증상'을 가리키고, 이 전체를 아우르는 '질병'을 가리켜 조울병이라고 한다. 국제적 진단 기준에서는 양극성장애 또는 양극성정동장애라고 부르는데, 기분의 양극단을 포함하는 병이라는 뜻으로 조울병과 같은 말이다.

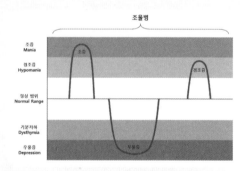

조울병의 기분 상태는 위로는 조증과 경조증, 아래로는 우울증과 기분저하가 있다. 조증은 정상 범위의 기분 좋은 상태보다 훨씬 들뜬 상태, 우울증은 정상 범위의 울적한 기분보다 훨씬 가라앉은 상태를 말한

다. 조증과 우울증은 그야말로 일상생활에 지장이 있을 정도로 심한 상태고, 일상생활은 그럭저럭 잘하고 있으나 기분이 과장되다 싶은 정도는 조금 가벼운 조증인 경조증과 조금 가벼운 우울증인 기분저하로 분류한다.

조증을 포함하는 경우, 즉 조증만 있거나 조증과 우울증이 있는 경우를 조울병이라 하고, 우울증만 있는 경우를 우울증(정식 진단명은 '주요우울장애')이라고 한다. 우울증만 있는 줄 알았다가 나중에 조증이 발생하거나 과거 조증이 있었음이 밝혀져, 진단명이 주요우울장애에서 조울병으로 바뀌는 경우도 종종 있다. 조울병 환자가 정확한 진단을 받을 때까지 평균 10년이 걸린다는 연구 결과도 있다. 우울증보다 조울병을 시사하는 특징으로는 젊은 나이(10~30대)에 발병, 망상이나 환청 동반, 산후 우울증, 갑작스러운 발병과 호전, 증상이 3개월 미만으로 짧은 경우, 잦은 재발, 항우울제 치료에 쉽게 호전되지 않는 경우 등이 있다.

조울병이라고 해서 늘 극단의 기분을 오가는 것은 아니다. 일정 기간 조증이나 우울증에 해당하는 증상들이 두드러지게 나타났다가, 다시 증상이 사라지고 정상 범위의 기분 상태를 유지한다. 그러나 재발이 흔하고, 반복될수록 증상의 정도가 심해지기 때문에 이를 예방하기 위해 꾸준한 치료가 필요하다. 조울병 치료를 잘 받는다면 정상 범위의 기분 상태로 건강한 일상을 유지할 수 있으므로, 조울병 환자라고 해서 무조건 위태롭게 보거나 경계하지는 않았으면 한다.

죽음,
그리고
의사의 길

"사옥 옥상에서 누가 투신했대."

평범하게 회사를 다니던 어느 날, 계열사 직원이 투신자살했다는 소식이 돌았다. 유서 한 장 없이 사옥 옥상에서 몸을 날렸다고 했다. 회사 이름과 직원 이름이 이니셜 처리된 인터넷 쪽기사가 메신저를 타고 돌았으나 하루도 안 되어 기사는 자취를 감췄다. 우연이 겹친 것이겠지만 그 달에 내 상사의 가족 한 명도 스스로 세상을 떠났다. 가까운 사람 외에는 사고사로 알고 있었고, 빈소에서도 서로 말을 아꼈다. 두 죽음의 소식은 금방 사그라들었지만 내 마음속에서는 사라지지 않았다. 죽은 이들이 나와 대단히 밀접한 사람도 아니었건만 자살이라는 사건에 마음에 큰 파문이 인 것은 자살이 내 마음속 깊은 곳의 죽음과 공명했기 때문인지도 모르겠다.

내가 기억하는 한 죽음은 늘 내 곁을 맴돌았다. '죽고 싶다'는 적극적인 생각보다는 '죽어도 상관없다'는 수동적인 생각에 가까웠다. 사는 건 재미가 없고 때로 힘겨웠지만 애써 죽는 게 더 힘들 것 같아서 그냥 살았다. 한때 이름을 적어 넣으면 죽는다는 '데스노트'라는 만화가 유행했는데, '누가 데스노트에 내 이름 좀 안 적어주나' 하는 허황된 공상을 하기도 했다.

가까이에서 경험한 자살의 파문은 내 마음을 꽤 오래 강하게 흔들었다. 논리적으로 설명할 수 없는 이상한 감정이었다. 죽음까지 몰린 사람의 심정, 갑작스러운 죽음을 맞이한 유족들의 망연함과 상처가 남의 일처럼 느껴지지 않았다. 한동안 놓고 있던 심리학 책을 다시 읽기 시작했고, 삶과 죽음에 대한 책을 탐독했다. 자살 생존자와 유가족을 상담하는 정신과 의사나 심리상담가처럼 나도 상처받은 사람들을 치유하는 삶을 살고 싶었다. 당시에는 몰랐지만, 사실 나는 나 자신을 치유하고 싶었던 것이 아니었을까.

정신과 의사가 되고 싶었다. 의사가 되고 싶다는 마음을 굳히는 데도 몇 개월이 걸렸지만, 잘 다니고 있던 회사를 그만두기는 더 어려웠다. 마음 한편에서는 정신과 의사가 되고 싶다는 소망이 점점 부풀어 올랐지만, 다른 한편에는 불확실한 미래에 대한 두려움과 안정된 현재를 포기하는 어려움이 더해져 끊임없이 시소를 탔다.

회사에서 걸어서 10분 거리에 대형서점이 있었다. 점심시간마다 나가서 의사와 의학전문대학원 관련 책을 읽었다. 고생과 보람이 얽혀 있는 경험담 속에 파묻혀 있다 보면 어느 날은 '그래, 나도 할 수 있어!' 하는 긍정과 의욕이 샘솟았다가 또 어느 날은 '내가 과연 할 수 있을까' 불안해지면서 마음이 쪼그라들었다. 가능성 하나를 보고 모든 것을 떨치고 나아가기엔 버려야 할 것이 너무 컸다. 내가 다니던 회사는 업계 1, 2위를 다투는 대기업이었고, 업무 환경이나 사내 복지도 우수했다. 동료들과의 관계도 좋았고, 나는 내 분야에서 능력을 인정받으며 착실히 커리어를 쌓아가고 있었다. 내가 회사를 그만두고 의학전문대학원에 들어갔다고 하면 다들 직장 생활이 많이 힘들었냐고 묻는데, 나는 내 직장에 만족하고 있었다. 지금도 다시 회사원이 된다면 그 회사에서 같은 일을 하고 싶다고 생각한다. 그럼에도 그 모든 것을 포기하는 것을 고려할 정도로 죽음은 나에게 강렬한 영향을 미쳤다.

그러나 갑작스러운 열망 앞에서 차마 손을 내밀지 못하고 머뭇거리는 사이 의욕은 차차 썰물처럼 빠져나갔다. 게다가 그 무렵 맡았던 프로젝트가 상당히 좋은 성과를 냈다. 사람을 무장해제시키는 것은 칼바람이 아니라 따뜻한 햇볕이다. 후배에게서 "저도 선배님처럼 되고 싶어요"라는 말까지 듣고 보니 '의사는 무슨 의사, 역시 내 적성은 회사원이야'라는 뿌듯한 마음에 묻혀 의사의 꿈은 저 멀리 자취를 감추는 듯 보였다.

6개월쯤 지났을까. 불현듯 그 파도가 다시 한번 덮쳐왔다. 두 번째 열망은 첫 번째보다 더 강렬했다. 사람이 죽을 때 후회하는 것은 해보고 실패한 일이 아니라 해보지 않은 일이라든가, 시도해보면 설령 실패하더라도 그 길이 틀렸다는 교훈을 얻지만 시도하지 않으면 그 선택이 옳은지 틀린지 영영 알 수 없다는 말들이 그때처럼 절절하게 가슴을 두드린 적이 없었다. 그대로 놓아두면 이번에도 이 파도는 지나갈 것이다. 그렇지만 만약 또다시 파도가 오고 정말로 해야만 되겠다는 생각이 든다면, 그때는 마음이 절실하더라도 시기가 너무 늦어버릴 것이다. 이미 나는 입사 6년차를 향해 가고 있었다. 대학교를 졸업하고 바로 의학전문대학원에 진학한 사람들보다 6년이 늦었다는 이야기가 된다. 정말로 시도해볼 거라면 더 이상 지체할 수는 없었다.

망설이던 어느 날 밤, 새벽 2시에 잠에서 깼다. 거실로 나가니 달빛이 휘황하게 비쳐 들어오고 있었다. 벽에 기대어 쪼그려 앉았는데 갑자기 눈물이 났다. 때 아닌 통곡 소리에 잠귀가 밝은 남편이 깜짝 놀라 뛰어나왔다.

"나 의사 하고 싶어. 이거 안 해보면 평생 후회할 것 같아."

난데없는 눈물 바람에 남편은 이렇게 하고 싶은 걸 대체 왜 참고 있었냐며 혀를 찼다. 억지로 참은 것도 아니었는데 왜 갑자기 감정이 북받쳤는지 모르겠다. 지금이 아니면 무언가 중요한 것을 영영 놓쳐버릴 것 같은 위기감이 갑자기 차올랐던 것일까. 내 '마음의 소리'가 터져 나오면서 수개월간의 망설임은 종지부를 찍었고 진로 변경은 급물살을 탔다.

운 좋게도 회사를 그만두고 바로 그다음 해에 내가 가고 싶던 학교에 합격할 수 있었다. 주로 이과에서 진학하는 의학전문대학원에 겁도 없이 도전장을 낸 나이 많은 문과 졸업생이었지만, 확고한 동기와 목표에 가산점을 받지 않았나 싶다. 나는 정신과 의사가 되겠다는 각오를 숨기지 않았다. 대부분은 먼저 의사가 되기로 결심하고 그다음에 학교와 병원 생활을 거쳐 전공

과를 결정하는데, 나는 거꾸로 전공과를 우선 결정하고 그것을
위해 의사가 되기로 결심한 경우였다. 그렇게 나는 회사원의 길
을 접고 전혀 다른 새로운 진로로 접어들었다.

우리의
소원은
본2

🍁

　의학전문대학원(이하 '의전원')의 교육 커리큘럼은 의대 본
과와 동일하다. 의대는 예과 2년, 본과 4년의 총 6년으로 구성
되고, 의전원은 준비 과정인 예과를 빼고 의학을 배우는 본과
4년 과정만으로 이루어진다. 의전원은 대학원이므로 우선 대학
교를 졸업해야 하는데, 이 대학교 4년의 경력을 예과 2년으로
쳐주는 셈이다.

　본과 첫 학기는 기초의학인 해부학·생리학·병리학·약리학
등을 배우고, 우리가 보통 의학이라고 하면 떠올리는 내과·외
과 등의 임상의학 과목은 2학기부터 배운다(커리큘럼은 학교마
다 조금씩 다를 수 있다).

의대의 장점은 학년이 올라갈수록 공부가 수월해진다는 것이다. 공부할 양이 줄어드는 것은 결코 아니다. 오히려 학년이 올라갈수록 공부해야 할 과목과 양은 엄청나게 늘어난다. 그럼에도 극한의 암기 압박 속에서 한 해 한 해를 보내다 보면, 공부에 적응도 되거니와 어떤 것이 중요하고 어떤 것이 덜 중요한지를 귀신같이 찾아내는 본능이 발달해서 학년이 올라갈수록 견딜 만해지고 여유가 생긴다. 뒤집어 말하자면 의대에서 가장 어려운 고비는 1학년, 정확히 말하면 본과 1학년(본1)이다. 이때는 모두가 정직하고 우직하게 공부한다. 매주 시험 보는 분량이 파워포인트 800장 내외나 되는데, 이것을 모조리 머릿속에 집어넣으려고 다들 사투를 벌인다. 유급의 압박도 이때 가장 심하다. 본1 때 배우는 내용이 모든 과목의 기초가 되므로 학교에서도 상당히 엄격하게 진급자를 걸러내기 때문이다. 까딱 잘못하면 이 끔찍한 본1을 한 해 더 겪어야 한다는 공포가 모두의 마음속에 있었다. 어서 빨리 본2(본과 2학년)가 되어 이 압박에서 조금이라도 해방되고 싶다는 마음에 카톡 프로필도 한 명 걸러 '내 소원은 본2'였다.

본과 1학년 첫 과목은 해부학이었는데, 그 어떤 과목보다 신속 정확한 암기력이 요구되는 과목이다. 외워야 할 것도 많은데 헷갈리는 명칭은 또 얼마나 많은지. 계속 학교 공부를 해왔던 머리가 암기에는 확실히 강하다. 5년간 공부에서 손을 놓았던 나는 대학을 마치고 바로 의전원에 온 동기들을 도저히 따라잡을 수가 없었다. 다른 사람들은 쏜살같이 책장을 넘겨가는데, 나는 한 장을 읽고 넘기면 바로 그 앞장에 무엇이 있었는지 기억이 나지 않았다. 진도가 술술 나가도 시간이 모자랄 판에, 봤던 페이지를 다시 보고 또 보고 있으니 공부할 때마다 나 자신이 백치 같고 째깍째깍 속절없이 흘러가는 시간이 원망스러워 울고만 싶었다.

우리 학교에서는 공부에 도움이 되라고 몇 명씩 무작위로 학습 공동체를 짜주었는데, 우리 그룹에 머리가 좋은 친구들이 많았다. 머리만 좋은 것이 아니라 공부도 열심히 했다. 나는 그 친구들을 정말 좋아했지만, 그리고 길게 보면 그들과 함께했던 것이 내 학습에 엄청난 도움이 되었지만, 성적이 나오는 그 순간만큼은 서로의 성적을 비교하지 않을 수 없었다. 여섯 명 중 내가 꼴찌였다. 우리 그룹에서 해부학 1등이 나오기도 했으니 당연한 결과였지만, 성적이 노력에 비례하지 않았다는 게 괜히 속이 상했다. 나는 죽도록 열심히 했는데, 상대적으로 설렁설렁 공부한 것 같았던 친구에게도 처졌다는 게 더욱 억울하고 서러웠다.

해부학 점수가 나온 날, 집에 오는 길에 지하철역에서 평소에는 잘 연락하지도 않는 남동생에게 전화를 했다. 이 속상한 마음을 누구에게라도 토로하고 싶은데, 남편이나 부모님에게는 자존심이 상해 차마 말을 할 수가 없어서였다.

"우리 그룹에서 내가 제일 해부학 점수가 낮아. 내가 너무 바보 같고 창피해."

나도 모르게 눈물이 왈칵 쏟아졌다. 동생도 갑작스러운 내 전화를 받고 오죽하랴 싶었는지 최선을 다해 위로해주었다. 그때 동생에게 무슨 말을 들었는지는 잘 기억나지 않는다. 지하철역에서 쏟아져 나오는 사람들을 멀거니 바라보며 울컥한 감상에 젖어 있었던 내 모습만 기억날 뿐이다. 공부에 적응될 때까지 한동안은 우울감과 싸워야 했다. 공부하다가 벽에 가로막힐 때면 바닥으로 곤두박질치는 기분을 어쩔 수가 없었다. 다른 평범한 학생들처럼 스트레스 받을 때는 딴짓도 좀 하고 어느 정도 마음을 내려놓으면 좋았을 것을, 나는 스트레스 관리에 상당히 취약했다.

그렇지만 우울증을 극복하고 경조증 시기에 들어서면 일을 즐기고 상당한 에너지로 몰입할 수 있다는 것이 조울병의 장점이다. 우수한 친구들과 비교하여 스스로 마음의 그늘을 만든 적도 있지만, 그때 나를 우울에 빠지지 않게 구해준 것 역시 그들이었다. 동기들은 문과에서 온 내가 학업을 따라갈 수 있도록 기초 학습에 많은 도움을 주었고, 진심으로 격려해주고 성장을 북돋워주었다. 덕분에 나는 중도에 포기하거나 내 안의 심연으로 빠져들지 않고 무사히 고비를 넘길 수 있었다. 좋은 사람들에 둘러싸여 우울을 극복하고 공부에도 차차 익숙해지자 더 이상 공부하는 것이 그렇게 힘들지만은 않았다. 머리를 주로 쓰게 되는 분야에 신경세포들이 더욱 발달하여 능력이 향상되는 것을 뇌의 가소성이라고 하는데, 나는 이 혜택을 톡톡히 입었다. 원래도 회전이 빠른 머리에 요령이 붙자 다른 사람보다 몇 배의 효율을 낼 수 있었고 성적도 꾸준히 올랐다. 그렇게 마의 본1을 무사히 넘기고, 임상과목 중에서 고대하던 정신의학 과목에 진입하면서 '양극성장애', 통칭 조울병을 만났다.

조울병의
가족력

정신의학 책에서 '양극성장애'라는 병을 만나기 전까지 나는
기분 기복을 병이라고 생각한 적이 없었다. 아니, 병일 수도 있
겠지만 그것은 누가 봐도 '미친 사람' 정도가 되어야 할 것이라
고 생각했다.

내가 기분 기복에 대해 이렇게 관대한 기준을 가진 것은 누
구에게나 자신과 자신이 자라온 가정이 '정상'의 기준이 되기
때문이다. 나는 기분 기복이 심한 아이였지만 우수한 성적으로
좋은 대학에 합격해서 취직도 잘 하고 회사도 잘 다니다가 의학
전문대학원까지 진학을 했다. 아버지는 나보다 더 불같은 성격
이었고 간혹 사람들과 마찰을 빚기도 했지만 일류 대학을 나와

사업을 하고 있었고, 집에서도 가끔 무섭게 화를 낼 때를 제외하고는 더없이 좋은 아버지였고 다정한 남편이었다.

이런 사람들이 정상에서 벗어난다고 생각해본 적이 없었다. 그런데도 처음 그 병을 보자마자 마음이 동요한 것은 조울병의 진단 기준이 마치 내 아버지를 그대로 묘사한 듯 똑같이 닮아 있었기 때문이었다.

아버지는 언제나 에너지가 넘치는 분이었다. 목소리가 크고 쾌활하며 말을 잘하고 유머러스해서 늘 대화를 주도하는 사람이었다. 친화력도 대단해서 낯선 사람과 대화하는 것을 전혀 꺼리지 않았다. 수줍음이 많고 어릴 때부터 약간의 사회공포증도 있었던 어머니는 자신과 완전히 다른 아버지의 당당하고 거침없는 모습에 마음이 끌렸다고 했다. 어머니가 아버지를 처음 만났을 때 어머니는 갓 상경한 시골 처녀였고 형부 사무실에서 일을 돕고 있었다. 형부의 친한 친구이던 아버지는 사무실에도 종종 놀러 왔는데, 사무실의 모든 사람과 마치 원래 알던 사이처럼 거리낌이 없었고 어머니에게도 항상 쾌활하게 먼저 인사를 건네왔다. 어머니는 아버지의 태양 같은 밝음에 매료되었고, 아버지 역시 자신과 다른 조용하고 유순한 성품의 어머니에게

끌렸다. 아버지의 적극적인 구애로 두 분은 결혼했다.

아버지는 젊은 사업가였는데, 자신의 미래에 대해 항상 낙관적이었고 성공할 것이라는 확신에 차 있었다. 삼성 창립자 이병철 같은 사업가가 되겠다며, 당시 서울의대보다 커트라인이 높았다는 서울공대를 자신만만하게 자퇴하고 곧장 사업에 뛰어들었다. 아버지가 무슨 사업을 하는지 가족들은 거의 몰랐다. 아버지는 집에서 일에 대해 구체적인 이야기를 하지 않았고, '잘되면 말해주겠다'고만 했다. 아버지는 어린 내가 보기에도 정말 열심히 일했다. 한창 일에 전념하던 때는 몇 달이고 새벽 1~2시에 퇴근했다가 바로 새벽 4~5시에 출근하는 날이 허다했다. 그렇게 잠도 자지 않고 일하면서 어떻게 사람이 쓰러지지 않는지 모르겠다며 어머니가 혀를 내두를 정도였다. 그토록 밤낮없이 일에 몰두했으나 이상하게도 아버지의 사업은 잘되지 않았고 몇 년 주기로 사업이 스러지고 바뀌기를 반복했다.

어린 마음에도 그렇게 성실하고 열정적인 아버지가 성공하지 못하는 것은 의아한 일이었다. 어머니나 친지들에게 짐작되는 이유를 물어보아도 딱 부러지게 대답해주는 사람이 없었다. 누군가는 아버지가 항상 '사장님'이었기 때문에 밑바닥 경험이 없어서 그런 것 같다고 하고, 누구는 아버지 성격이 다혈질이라

인간관계에 문제가 있었던 게 아닐까 하기도 했다. 그래도 네 아버지는 워낙 똑똑하고 열심히 하시는 분이니까, 하고 다들 좋은 말로 마무리했지만, 그것은 항상 머릿속에 풀리지 않는 의문으로 남아 있었다. 그래서 양극성장애 진단 기준에서 아버지 그대로의 모습을 발견했을 때 한편으로는 충격을 받았지만, 또 한편으로는 오랜 의문이 비로소 풀리는 듯한 후련한 기분이 들기도 했다.

아버지는 끊임없이 사업을 벌였고, 자금이 허락하는 한 가장 크고 화려하게 막을 올렸다. 아버지가 유복한 집안에서 태어나 자란 것은 아버지의 행운이자 불운이었다. 아버지의 허황된 사업이 실패를 거듭하고 결국 어디에서도 끌어다 쓸 자본금이 없게 되자 아버지는 어마어마한 빚에 쫓기면서 주식에 눈을 돌렸다. 어머니가 구멍가게를 하든 붕어빵 장사를 하든 바닥부터 시작해서 차곡차곡 쌓아나가자고 사정했지만 소용이 없었다. 아버지는 한 방에 역전 만루홈런을 칠 수 있다고 굳게 믿었다. 현실적인 과정에 대한 계획은 없었으나 결과가 찬란할 거라는 믿음은 굳건했다. 스스로에 대한 확신이 넘쳤고, 어떤 주제에 몰입해서 말하기 시작하면 다른 사람이 반박하거나 말을 끊는 것을 몹시 싫어했다. 말주변이 부족하지 않음에도 말을 더듬는 습관이 있었는데, 나중에 그것이 조증 환자들에게서 말이 생각을 따라가지 못할 때 흔히 나타나는 현상이라는 것을 알았다.

양극성장애(조울병)는 유전성이 있는 질환이다. 이 말이 부모가 조울병을 가졌다고 자녀가 무조건 조울병을 물려받는다는 뜻은 아니다. 다만, 부모나 가까운 친척 중 조울병 환자가 있을 경우 발병 위험은 일반인의 10배 정도로 명백히 증가한다.

아버지가 조울병이라는 것을 거의 확신했을 때, 나는 나 역시도 조울병 환자가 되지 않을까 두려웠다. 당시에는 앞으로 조울병이 발병할 것만 걱정했고, 이미 조울병 증상이 있었다는 것을 깨닫고 받아들인 것은 훨씬 나중의 일이다. 대부분의 정신질환에는 '가정적·사회적·직업적 기능에 현저한 손상(이혼, 절교, 실직 등)을 초래할 정도로 심각할 것'이라는 조건이 붙는다. 멀쩡하게 의사의 길을 걷고 있는 나는 진단 기준에 부합하지 않았다.

그래도 혹시 모를 발병을 막기 위해 자신을 안정시켜야 한다고 생각해서, 의식적으로 말을 천천히 하는 것을 연습하고 차분한 성격이 되려고 애썼다. 원래 말이 빨랐지만 여러 해 동안 훈련한 결과 대부분의 상황에서 차분하게 말하는 것이 습관이 되었다. 이는 의사로서 환자를 대할 때 큰 강점이 되기도 했지만, 아이러니하게도 환자로서는 증상을 가려서 병을 키우는 결과가 되고 말았다.

조울병의 원인

　정신질환을 '마음의 병'이라고 말하지만, 사실 대부분의 정신질환은 '몸의 병'이다. '마음의 병'이라는 말은 듣기에는 부드럽고 완곡하지만, 자칫 '마음이 약한 병'으로 오인되어 "마음을 굳게 먹으라"든지 "의지로 극복하라"는 잘못된 충고를 조장하기도 한다.

　정신질환은 뇌의 병이다. 마음이 약한 사람들이 걸리는 병도 아니고, 마음을 굳게 먹는다고 낫는 병도 아니다.

　뇌 속에는 생각과 감정을 만들어내는 수많은 전기신호가 오간다. 이 전기신호를 전달하는 것이 여러 가지 신경전달물질이다. 신경전달물질은 일종의 호르몬과 같다. 호르몬이 몸속을 흐르면서 생체작용을 조절하듯이, 신경전달물질은 뇌를 구성하는 신경세포를 타고 흐르면서 생각과 감정을 조절한다. 정신질환은 이 신경전달물질의 생성과 전달에 이상이 생겨 발생한다. 조울병은 신경전달물질 중 특히 노르에피네프린, 세로토닌, 도파민 등의 영향을 받는 것으로 알려져 있다.

　왜 이상이 생기는가? 뚜렷하게 밝혀진 원인은 없다. 어떤 사람은 태생적으로 특정 신경전달물질이 과도하게 생성되거나 혹은 모자라게 생성된다. 또 어떤 사람은 특정 신경전달물질에 민감하게 반응하고, 어떤 사람은 둔감하다. 일종의 체질로도 볼 수 있다. 어떤 사람은 술을 조금만 마셔도 빨개지고 어떤 사람은 말술을 마셔도 멀쩡하듯이, 기분 변화에 예민한 체질이 있고 무던한 체질이 있는 것이다. 신경전달물질의 생성과 전달 체계, 민감도 등은 대개 유전의 영향을 받는다.

환경의 영향도 존재한다. 스트레스가 심하면 조울병이 발병할 확률이 높다. 그러나 스트레스로 인해 없던 병이 생기는 것이 아니라, 대개 조울병에 취약한 요인을 가지고 있는 상태에서 스트레스가 촉매가 되어 증상이 발생한다고 본다. 비유하자면, 한 사람의 스트레스 내성을 100이라 치고 수위가 100이 넘으면 물이 흘러넘치는 물컵과 같다고 생각할 때, 조울병 환자의 물컵은 태생적으로 이미 70이 차 있는 상태인 것이다. 30의 스트레스는 보통 사람들에게는 별것 아니지만, 조울병 환자에게는 합계 100으로 역치를 넘기는 스트레스가 되어 병이 발생한다. 다른 사람들은 버텨내는 스트레스에 어떤 사람들은 견디지 못하는 것은 이런 이유 때문이다.

이처럼 조울병은 성격이나 환경에 기인한 막연한 '마음의 병'이 아니라, 나의 선택과 상관없이 발생한 생물학적 원인이 있는 '몸의 병'이다. 조울병에 대한 사회적 인식이 개선되어 조울병에 대한 이야기가 자유롭게 오가고 빠른 진단과 치료로 이어지기를 바란다.

6년의 꿈이
6개월 만에
부서지다

누구에게나 삶의 궤도가 극적으로 변화한 전환점이 있기 마련이다. 내게 그런 삶의 전환점을 묻는다면 '의전원 진학'과 '레지던트 수련 중단', 이 두 가지를 꼽을 것이다. 의전원에 가겠다고 마음먹은 것은 정신과 의사가 되기 위함이었으니, 이 두 전환점은 곧 정신과를 향한 여정의 시작과 끝인 셈이다.

의사는 일반의를 거쳐 전문의가 된다. 의과대학(의전원 포함)은 전공과가 없고, 모든 학생이 모든 과목을 배운다. 졸업하면서 의사국가고시에 합격하면 모든 과목을 진료할 수 있는 일반의가 된다. 한편 흔히 말하는 '○○과 의사'는 전문의를 말하는데, 일반의 자격을 따고 인턴 1년을 거쳐 레지던트 시험에 응시해서 합격하면 ○○과 레지던트가 되고, 레지던트 4년 과정을 수료하여 전문의 시험에 합격하면 ○○과 전문의가 되는 것이다.

이 과정 중 실질적으로 가장 치열한 것이 자신이 원하는 과 레지던트에 합격하는 것이다. 전공과를 결정하고 진로가 정해지는 순간이다. 그해 레지던트 시험에 떨어지면 사실상 1년의 공백기를 보내야 하기 때문에 경쟁이 치열한 과를 두고 눈치작전도 극심하고 접수 직전에 과를 바꾸는 경우도 적지 않다. 자신이 지망하는 과가 확고한 경우에는 미리미리 소문을 내어 경쟁자를 사전 차단하기도 한다. '내가 여기 경쟁률을 보탤 터이니 마음이 확고하지 않으면 다른 과를 알아보라'는 신호를 보내는 것이다.

의전원 4년과 인턴 1년을 거치는 동안 내 머릿속에는 오직 정신과뿐이었다. 의전원 진학을 결심하고 준비한 시기부터 치면 꼬박 6년이다. 의전원 입학 원서에서부터 정신과에 대한 열망을 솔직하게 전했고, 다른 친구들이 전공과를 고민하는 4년 동안 나는 한 치의 흔들림 없이 정신과만을 바라보았다. 정신과 의사에게 어울리는 태도와 말투를 연습하고, 어떤 가치관으로 정신과 환자를 대할 것인지 끊임없이 고민했다. 얼마나 푹 빠져 있었는지 정신과는 시험공부마저도 재미있었다. 졸업할 때쯤에는 동기들 중 내가 정신과 지망이라는 것을 모르는 사람이 없었다.

의대 고학년 커리큘럼에서 병원 실습이 꽤 큰 비중을 차지하는데, 각 전공과를 1~2주씩 체험하면서 실제 의사처럼 환자를 접하고 공부하며 자신의 진로를 타진해보는 중요한 기간이다. 대학병원에서 회진 때 교수님 행렬을 어리바리 따라다니면서 쩔쩔매는 흰 가운 차림의 앳된 청년들이 있다면 십중팔구 의대생이다. 정신과도 필수 실습 과목 중 하나인데, 이 정신과 실습을 돌고 나면 정신과에 대한 호불호가 확실하게 갈린다. 원래 정신과를 희망했다가도, 입원해 있을 정도로 심한 정신과 환자들을 만나면서 '나는 도저히 안 되겠다'며 정신과를 포기하는 학생들도 여럿 생긴다. 그러나 나는 실습을 돌고 나서 정신과를 더 좋아하게 되었다. 1년 반에 걸쳐 수많은 과의 실습을 돌았지만, 정신과만큼 끌리고 내 길이라고 생각되었던 과는 없었다.

인턴 때도 어느 과 지망이냐는 질문을 받으면 조금의 망설임도 없이 정신과라고 대답했다. 이런 내가 그렇게 소망했던 정신과 레지던트를 6개월도 안 되어 그만두리라고는 누구도 상상하지 못했을 것이다.

정신과 레지던트에 합격하고 나서 말 그대로 뛸 듯이 기뻐했던 그 환희가 아직도 생생하다. 너무 오래 꿈을 키워온 터라 현실에 실망할까 봐 걱정까지 했다. 다행히 정신과는 내게 잘 맞는 옷이었고, 회사생활을 경험한 덕분인지 '1년차 같지 않다'는 칭찬도 제법 들었다. 일도 재미있었다. 포맷만 13장짜리인 기나긴 정신과 입원기록을 작성하기 위해 환자와 한 시간을 넘게 면담하고, 정확한 용어를 구사하기 위해 몇 권이나 책을 찾아보면서도 그 과정이 힘들지만 뿌듯하고 보람 있었다. 환자의 변화에 민감하고 보호자를 대하는 데도 요령이 있어서 동기들은 '정신과를 위해 태어난 사람'이라며 치켜세웠다.

무엇보다도 환자들에게 인정받을 때가 가장 기뻤다. 입원했던 환자들이 퇴원하면서 "앞으로 선생님에게 외래 진료를 받고 싶어요"라고 요청했을 때는 눈물이 날 것 같았다. 그런 말을 들은 날에는 밤에 설레서 잠도 오지 않았다. 레지던트는 입원 환자를 돌보는 것부터 시작하여 차츰 연차가 올라가면서 외래 진료, 파견 진료 등으로 범위를 넓혀나간다. 나는 아직 외래를 볼 수 있는 연차가 아니었기에 환자와 보호자에게 그 점을 설명하면 무척 아쉬워했다. 나도 그분들 못지않게 아쉬웠다. 나중에 내가 외래 진료를 보게 되면 나에게 오고 싶다던 그 고마운 얼굴들을 지금도 생생하게 기억한다. 그러나 나는 그 약속을 지키지 못하게 되었다. 지금도 그분들을 생각하면 고마움과 그보다 더 큰 미안함에 가슴이 먹먹해진다.

정신과 수련을 시작하면서 들떠 있던 마음에, 공교롭게도 갑작스러운 결원으로 인한 업무 과중이 겹치면서 조울병의 증상이 시작되었던 것 같다. 처음에는 스트레스 때문에 기분이 불안정한가 보다 생각했다. 보람과 즐거움에 넘쳐 기운차게 일하다가도, 일이 몰리면 갑자기 매사에 짜증을 내고 불만을 토로하며 일에 진저리를 쳤다. 그것이 경고 신호임을 그때는 알지 못했다.

조증의
시작

🍂

근무한 지 두 달이 채 못 되었을 무렵 동기 한 명이 사직 의
사를 밝혔다. 정신과가 적성에 맞지 않는다며 긴 고민 끝에 내
린 어려운 결단이었다. 심정적으로 이해하는 것과는 별개로, 예
상치 못한 결원 발생에 레지던트 내부는 크게 출렁였다. 업무량
은 정해져 있는데 사람이 줄면 한 사람이 맡아야 할 일의 양은
늘어나기 마련이다. 그런 한편 최근 시행된 전공의특별법은 전
공의의 업무 과다를 방지하기 위한 제한 규정을 두고 있다. 법과
현실의 상충, 그로 인한 불법과 편법 사이 아슬아슬한 줄타기,
늘어난 행정 업무와 부당한 압력, 의료진 간의 불평과 갈등이
반복되면서 온갖 잡무들이 레지던트들을 지치게 만들었다. 환

자를 보는 의사 본연의 업무 증가는 이에 비할 바가 아니었다.

레지던트 제도 내의 불합리가 좀처럼 개선되지 않는 이유는 아마도 '4년 계약직'이라는 레지던트 제도 자체에 있을 것이다. '2년만 참으면 되는' 군대 환경이 쉽게 변하지 않는 것과 마찬가지다. 제대하고 나면 만나지 않아도 되는 군대와 달리, 레지던트 4년이 끝나도 특정 전공과라는 좁은 사회 안에서 인연이 이어진다는 점도 부담이다. "나중에 취직할 때도 평판 조회하면 다 나와요. 성실하게 근무하세요"라며 사람 좋은 얼굴로 충고한 윗년차도 있었다.

괜찮지 않은 환경이었지만 모두 괜찮으려고 애썼다. 특히 가장 가까운 동기를 잃은 나에게 고맙게도 많은 사람들이 신경을 써주었다. 수시로 안부를 묻는 말에 나는 괜찮다고 대답했다. 더 힘을 내어 일했고 적극적으로 사람들과 어울렸다. 그러나 나는 정말 괜찮았던 것일까.

정신분석학에서 조증은 우울증에 대한 반동이라는 견해가 있다. 우울증을 인정하지 않으려는 심리가 강한 반동을 형성하여 조증으로 튀어오른다는 것이다.

나는 잘 웃고 동료들과 잘 지내고 열심히 일했다. 일하는 것은 재미있었고 환자를 보는 것도 보람 있는 일이었다. 그러나 때

때로 허전한 마음이 들었고, 부당한 요구에는 남들보다 훨씬 예민하게 반응하기도 했다. 병원에서는 활기차게 일했지만 집에 와서는 짜증을 부렸다. 보통 조증이라 하면 지나치게 유쾌하고 자신감 넘치는 모습을 연상하는데, 사소한 일에도 화를 내고 감정이 격앙되는 것 역시 조증에서 흔히 볼 수 있는 모습이다. 나는 이 두 가지를 수시로 오갔다.

하루는 집에 돌아왔는데 싱크대에 설거지감이 잔뜩 쌓여 있었다. 맞벌이부부인 우리집 가사 분담은 요리가 남편 몫, 설거지는 내 몫이다. 내가 미뤄둔 일이면서도 설거지가 깨끗하게 되어 있지 않은 상황에 화가 났다. 병원 일만도 힘든데 왜 내가 집안 일에까지 스트레스를 받아야 하지? 왜 남편은 이런 내 마음을 알아주고 미리 이 상황을 처리해주지 않는 거야? 부탁하지 않아도 내가 이렇게 힘든데 저 정도쯤은 해줄 수 있잖아? 자신을 탓해야 할 상황에 엉뚱하게 남편에게로 불똥이 튀었다. 나는 첨벙첨벙 보란 듯이 시끄럽게 설거지를 하다가 결국은 화를 내며 그릇을 내동댕이치고 말았다. 남편은 어안이 벙벙해서 이 상황을 지켜보고 있다가 조용히 나를 제지하고 자신이 설거지를 하기 시작했다. 나중에 이야기하기로, 말은 안 했지만 도저히 이 상황이 이해가 안 돼서 자신도 머리끝까지 화가 났다고 한다.

나는 평소와 똑같이 지내다가도 그런 식으로 갑작스럽게 분노를 폭발시키고 자기중심적으로 굴었다. 그때 나에게는 나 자신이 가장 중요했다. 내 인생은 한 번뿐이고 행복해야 한다는 생각에 집착했다. 나는 대단한 사람이라는 조증의 과대감이 그런 식으로 표출된 것이 아니었나 싶다.

나는 불쑥불쑥 평소와 다른 행동을 보이기 시작했다. 밤에 잠도 안 자고 전공 서적을 읽어대는가 하면, 마음에 드는 책을 한꺼번에 대여섯 권씩 구입했고, 보통 때는 잘 사지도 않던 옷을 쇼핑하느라 시간 가는 줄 몰랐다. 하루는 출퇴근 복장을 사러 백화점에 갔다가 대학생에게나 어울릴 법한 짧은 여름 원피스를 충동적으로 구매하고, 그 원피스에 어울릴 것 같은 화려한 하이힐까지 구입하는 데 수십만 원을 썼다. 출근할 때 입을 수 있는 옷이 아니다 보니 정작 그 옷은 몇 번 입지도 못했는데, 사는 그 순간만큼은 이 옷이 나에게 무척 잘 어울리고 꼭 사야만 할 것 같은 생각이 들었다.

조증이 산이라면 우울증은 골짜기다. 산이 높으면 골이 깊다는 상투적인 속담은 조울병에도 그대로 적용된다. 조울병은 증상 발현이 반복될수록 정도가 심해진다. 그때 내가 겪었던 조증은 이전 어느 때보다 높은 산꼭대기에 나를 올려놓았다. 조증은 잠깐이었고, 가려져 있던 우울증이 캄캄한 동굴처럼 나를 빨아들이기 시작했다.

우울로
가라앉다

"나 잠깐 눈 좀 붙이고 올게."

"응, 어제 당직 서느라 피곤했지. 좀 쉬어."

동기가 어서 가 쉬라며 손을 내저었다. 나는 급한 일을 대충 마무리하고 침대가 있는 당직실로 향했다. 어젯밤 응급실 환자가 많아 잠을 거의 자지 못했다. 레지던트는 당직 다음 날에도 평소와 똑같이 근무한다. 바쁜 오전을 정신없이 보내고 오후가 되니 피로가 몰려왔다. 며칠째 잠을 제대로 자지 못했다. 침대에 누워서도 머릿속은 안개가 낀 듯 몽롱한데 잠이 오지 않았다. 빨리 한숨 자고 상쾌하게 일어나 돌아가서 남은 일을 마무리하면 좋겠는데, 마음이 조급해질수록 잠은 더 달아났다. 얼마

전까지는 당직 다음 날에도 전혀 졸리시 않았는데, 그새 체력이 바닥난 건가 싶었다.

며칠 새 몸이 처지고 쉽게 피로해지는 게 느껴졌다. 일이 많기도 했다. 개정된 정신보건법이 시행되면서 대학병원에서 입원을 까다롭게 받는 탓에 갈 곳이 없어진 환자와 보호자들은 시도 경계를 넘어서 모조리 우리 병원으로 밀려왔다. 응급실은 정신없이 바빴고, 입원실은 늘 만실이었다. 환자 한 명이 퇴원하면 곧바로 새로운 환자가 입원해서 병실을 채웠다. 우리 병원 레지던트 한 사람당 맡는 환자 수는 다른 병원 레지던트의 두세 배는 족히 되었다.

환자는 많은데 의사는 부족했다. 다달이 레지던트들의 퇴사와 휴직이 이어지고 있었다. 한 사람이 나가고 긴급 대책회의 끝에 담당 병동을 다시 배정하고 좀 안정화되는가 싶으면 또 한 사람이 나가떨어지고 다시 회의가 열렸다. 과로로 지병이 도져 병가를 썼다가 끝내 퇴사한 선배도 있었고, 갑작스레 유산하고 병가에 들어간 선배도 있었다. 한 학기에 한두 번 있을까 말까 한 수련위원회 회의가 석 달 동안 여덟 번이 열렸다. 사태는 심각했지만 문제를 근본적으로 해결할 방안은 나오지 않았고, 언 발에 오줌 누기 식 임시방편만 쏟아져 혼란을 가중시켰다.

레지던트는 결원이 생겨도 바로 충원을 할 수가 없다. 레지던트를 뽑는 기간이 정해져 있고, 그 기간에 채용하는 인원수도 병원협회의 승인을 받아야 한다. 일의 양은 정해져 있는데 사람이 줄면 남은 사람이 해야 할 일이 늘어날 수밖에 없다. 전례 없는 결원 사태에 남아 있는 사람들 사이에도 긴장이 흘렀다.

분위기도 뒤숭숭하고 마음은 줄곧 심란했다. 모두가 버티고 있을 때는 다 같이 버티며 어떻게든 악착같이 해내게 되는 법이다. 그러나 하나둘 사람이 사라지고 틈새가 벌어지기 시작하면, 조금만 힘들어져도 '나도 어쩌면……' 하는 생각이 들고 마는 것이다.

내가 우울의 밑바닥으로 빠르게 가라앉고 있다는 것을 그때는 몰랐다. 어수선한 마음도, 계속되는 불면도, 피로와 예민함도 우울증의 증상이었지만 그때는 알아채지 못하고 누구라도 이런 상황에서는 으레 그러려니 생각했을 뿐이다. 우울증에 빠지면 부정적인 인지 왜곡이 일어나고, 인지 왜곡이 다시 우울을 심화시키는 악순환으로 접어든다. 우울증의 인지 왜곡은 자신과 세상과 미래에 대한 부정적 관점으로 나타난다.

자기 자신에 대해서는 스스로가 못나고 부족하다는 인식, 제대로 해내지 못하고 있다는 죄책감, 나는 왜 이럴까 하는 자괴감에 휩싸인다. 나를 둘러싼 세상은 좋은 일보다 안 좋은 일이 더 많고, 나를 숨 막히게 하며, 나를 끊임없이 몰아붙이는 곳으로 인식된다. 미래는 위험과 실패의 가능성으로 점철되어 암울하게만 보이고, 내가 과연 헤쳐 나갈 수 있을까 회의하고 절망하게 된다.

내 눈에도 부정적인 색안경이 씌었다. 많은 환자들, 과도한 근무시간, 조직 내에서의 모순된 요구들, 쉴 새 없이 울려대는 전화와 카톡까지. 무수히 구멍 난 댐을 땜질하듯 여기저기 틀어막다 보면 내 환자와 제대로 된 면담 한 번 못 한 채 하루가 가고, 지친 하루를 마치고 잠자리에 들 때면 '나는 오늘 뭘 한 거지?' 하는 자괴감이 밀려왔다. 일은 점점 많아지는데 뾰족한 해결책은 없이 압박만 심해지고 있었고, 앞으로 3년 동안 이렇게 계속 해나갈 수 있을까 까마득한 기분이었다. 내 머릿속에서는 미래에 대한 최악의 시나리오가 끊임없이 펼쳐졌다. 다음 학기가 더 힘들다는데 버텨낼 수 있을까, 다음 해에 레지던트 티오가 더 줄어들면 어쩌지, 이렇게 고생만 하고 전문의 시험에 합격하지 못하는 건 아닐까······. 모두가 해나가는 과정이었지만 나는 도저히 해낼 수 없을 것처럼 느껴졌다. 어떤 것도 할 수 없다는 무력감, 제대로 해내지 못하고 있다는 자괴감, 모든 것에 지쳐버린 피로감이 겹쳐 내 마음 상태는 엉망이었다. 이 모든 것에서 벗어나고 싶다는 생각이 수시로 들었다. 먼 미래에 압도되지 말고 내 발밑을 보며 차근차근 한 발짝씩 나아가라는 그 흔한 충고조차 그때는 떠오르지 않았다.

　일은 점점 많아지는데 일의 능률은 현저히 떨어졌다. 번아웃burnout, 의욕적으로 일하던 사람이 신체적·정신적으로 소진되어 극도의 피로감으로 무력해지는 현상이다. 번아웃증후군은 우울증과 연관이 깊다. 일은 점점 쌓여가고 그럴수록 더욱 압도되어 아무것도 하지 못하는 악순환이 이어졌다. 매일 하던 익숙한 경과기록을 쓰는 데도 몇 배의 시간이 걸렸다. 나는 점점 무기력해지는데, 주위를 둘러보면 나보다 더 많은 환자를 보면서도 씩씩하게 잘해나가는 동료들이 있었다. 분명 나도 얼마 전까지 저런 모습이었는데, 어떻게 그럴 수 있었는지 기억이 나지 않았다. 남들은 다 잘해나가고 있는데 나만 뒤처지고 적응하지 못하는 것 같았고, 그럴수록 점점 어두운 늪 속으로 가라앉는 기분이었다. 꼭 해야 할 일들만 겨우 해내면서 코밑까지 차오른 물 위에서 간신히 숨만 쉬고 있는 것 같은 상태가 계속되었다. 그렇게 나는 자신을 제대로 보지 못한 채 스스로를 소진시키며 하루하루를 버텨나가고 있었다.

조울병의 진단 기준

조증삽화manic episode **진단 기준**

A. 비정상적으로 들뜨거나 의기양양하거나 과민한 기분,
목표 지향적 활동 및 에너지의 증가(최소 일주일 이상,
거의 매일, 하루 중 대부분 지속되어야 함)

B. A와 함께 다음 증상 중 3가지 이상
① 자존감 증가 또는 과대감 / 과대망상
② 수면 욕구 감소(잠을 거의 안 자도 피곤하지 않음)
③ 평소보다 말이 많아지거나 끊기 어려울 정도로
   계속 말을 함
④ 생각의 비약 또는 생각이 너무 빨라서 따라잡지 못함
⑤ 주의 산만
⑥ 목표 지향적 활동의 증가
⑦ 쾌락적 행위에 무분별하게 몰두(과도한 쇼핑,
무절제한 성행위, 어리석은 사업 투자 등)

조울병 증상이 나타나는 때는 크게 조증 시기와 우울증 시기로 나눌 수 있다.

조증과 우울증의 진단 기준이 각각 있는데 1) 몇 가지 증상이 2) 얼마만큼의 기간 동안 지속되는지가 진단의 핵심이다. 정확한 정신과적 진단 기준에는 약물이나 내과적 질환 원인이 아닐 것 등의 세부적인 조건이 더 있지만 여기서는 증상 중심으로 정리하였다.

A. 조증을 진단하기 위해서는 평소와 뚜렷하게 다른 들뜨거나 과민한 기분 상태가 일주일 이상 지속되어야 한다. 조증 환자의 들뜨고 행복감에 찬 기분은 전염성이 강해서 주위 사람들까지 유쾌하게 만들고, 이로 인해 병의 진단을 늦출 수 있다. 개인적인 소망이 좌절되었을 때는 들뜬 기분 대신 과민하고 짜증스러운 기분 상태를 보일 수 있다. 유쾌하다가 갑자기 화를 내는 등 짧은 시간에 급격한 기분 변동을 보이는 경우도 흔하다.

B-① 증가된 자존감과 자신에 대한 과대감은 전형적인 증상으로, 내가 가장 똑똑하다고 생각하거나 터무니없는 발명품을 홍보하려 한다든지, 재능이나 경험이 부족한 상태에서 소설 쓰기나 어려운 일에 착수하는 행동을 보인다. 과대감이 지나치면 과대망상이 되는데, 유명인사와 특별한 관계를 맺고 있다거나 연예인이 나를 사랑한다는 내용 등이 흔하다.

B-② 수면 욕구 감소는 실제로 잠을 자고 싶지만 자지 못하는 불면증과는 다르다. 조증에서 수면 욕구 감소란 잠의 필요성을 느끼지 못하는 것이다. 자지 않아도 피곤하지 않고 에너지가 충분하다고 느낀다. 종종 수면 욕구 감소가 조증의 시작을 예고하기도 한다.

B-③ 조증 환자는 말이 빠르고 쏟아내듯 말하며 목소리가 크고 중단하기 어렵다. 끊임없이 장황하게 이야기하며, 아무 때나 끼어들고 맥락과 관계없는 이야기를 하기도 한다.

B-④ 생각의 흐름이 너무 빨라, 말로 표현하는 것보다 머리가 더 빨리 돌아가는 것처럼 느낀다. 다른 사람이 보기에는 말의 주제가 갑작스럽게 전환되고 앞뒤가 안 맞아 내용이 비약하는 것처럼 보인다.

B-⑤ 주의 산만은 관련 없는 외부 자극을 걸러내지 못하는 것으로 나타나며, 작은 소리에도 방해를 받아 일에 집중하지 못하고, 심하면 이성적인 대화가 불가능하고 지시에도 제대로 따르지 못한다.

B-⑥ 목표 지향적 활동의 증가는 자신의 능력을 넘어선 여러 가지 일을 동시에 벌인다거나 평소와 다르게 지나치게 활동하는 데서 알 수 있다. 사교성이 과도하게 증가하여 모르는 사람에게 말을 걸거나 친구들에게 일방적으로 많은 연락을 취하기도 한다. 지나친 성적 욕구나 성적 행동을 보인다.

B-⑦ 무분별한 쾌락적 행위 몰두는 파국적인 결과가 예상되는 무모한 행동에 집착하는 것이다. 정도를 넘어서는 과소비, 위험한 운전, 잘 모르는 사업에 대한 과도한 투자, 난잡한 성적 행동 등이 포함된다.

우울증major depressive episode(주요우울삽화) 진단 기준
다음 증상 중 5가지 이상이 2주 연속으로 지속됨
— ① 또는 ②가 반드시 포함될 것

① 하루 중 대부분, 거의 매일 지속되는 우울한 기분
② 거의 모든 일상 활동이 즐겁지 않고 의욕이 없음
③ 현저한 식욕 변화나 체중 변화
④ 거의 매일 불면 또는 과다수면
⑤ 안절부절못하고 초조해함 또는 생각이 느려짐
⑥ 지속적인 피로감과 능률 저하
⑦ 자신에 대한 심한 자책이나 죄책감, 쓸모없다는 느낌
⑧ 집중력 감소, 결정 장애
⑨ 반복적인 자살 생각, 죽음에 대한 생각

① 흔히 우울증 환자는 우울하고 슬프고 희망이 없으며 의기소침한 기분을 느낀다. 자극에 쉽게 화를 내거나 사소한 문제에 지나치게 좌절감을 느끼기도 한다. 이러한 기분이 하루 종일, 거의 매일 지속된다.

② 흥미 상실과 의욕 상실이 거의 항상 나타난다. 취미 활동에 더 이상 관심을 갖지 않거나, 이전에 즐겁게 했던 행동에서도 즐거움을 느끼지 못한다. 사람들을 만나지 않고 활동에도 무관심해진다. 성적 관심과 욕구가 줄어든다.

③ 식욕은 감소할 수도 증가할 수도 있다. 입맛이 없어 억지로 먹어야만 들어간다고 하는 사람들도 있고, 반대로 식욕이 증가하고 단 음식처럼 특정한 음식이 당긴다고 하는 사람들도 있다. 식욕 변화가 심하면 현저한 체중 감소나 체중 증가가 올 수도 있다.

④ 수면 이상은 불면 또는 과다수면으로 나타난다. 우울증에서 불면은 밤에 깨고 나면 다시 잠들 수 없는 유형이 많다. 밤잠이 길어지거나 낮잠이 늘어나는 과다수면이 발생하기도 한다.

⑤ 안절부절못하고 초조해한다. 진득하게 앉아 있지 못하거나 옷을 계속 잡아당기는 등 불안해하는 행동을 보인다. 반대로 활동이 느려지는 경우도 있다. 말과 행동이 느려지고, 침묵하는 시간이 길어지고, 말이 없어진다.

⑥ 흔히 피곤하며 나른해하고 에너지가 소진되었다고 느낀다. 옷을 갈아입는 것 같은 작은 일을 하는 데도 상당한 노력이 필요하며, 일의 능률이 떨어진다.

⑦ 우울증에서 자책감과 죄책감은 자신의 가치에 대한 지나친 부정적 평가로 나타난다. 과거에 실패했던 사소한 일에 집착하거나 계속 곱씹으며 후회하는 모습을 보인다. 자신과 관련 없는 일에 대해서도 자기 때문이라고 탓하고 과도한 책임감을 느낀다.

⑧ 집중력 감소가 흔히 발생하는데, 쉽게 정신이 산만해지고 기억력이 떨어졌다고 느낀다. 생각하고, 집중하고, 결정을 내리는 능력이 저하된다. 사소한 일도 잘 결정하지 못한다.

⑨ 죽음에 대한 생각 및 자살 시도가 흔하다. 죽음에 대한 생각은 아침에 깨어나고 싶지 않다는 소극적인 소망에서부터 자살 방법에 대한 구체적 계획에 이르기까지 광범위하다. 극복할 수 없는 장애물에 부딪혀 포기하려는 충동과, 고통스러운 기분 상태를 끝내고자 하는 강렬한 소망 등이 자살 시도의 동기가 된다.

병원을
떠나던
날

❦

조울병 환자는 자살의 고위험군이다. 자살의 첫째 원인으로 우울증이 꼽히지만, 조울병은 우울증보다 자살 위험이 더 높다.

나는 '사회적 자살'을 저질렀다. 그때의 내 상태는 자살 직전의 심리 상태와 무척 닮아 있다.

그때를 회상하는 것은 부끄러운 일이다. 무책임하게 환자를 떠난, 의사로서 용납되지 않는 일이기도 하다. 내가 그 기억을 부끄러움을 무릅쓰고 되살리는 이유는, 자살 직전에 몰린 사람들의 심리를 이해하는 데 조금이나마 도움이 되지 않을까 해서다. 조울병의 충동성이 어떻게 사람을 급격히 극한으로 몰아가는지, 어떤 마음에서 극단적인 선택을 하게 되는지 알리고 싶어

서이다. 이성이 날아가버리고 충동에 지배되는 순간, 단 하나의 생각만이 온몸을 지배하는 것 같았던 그 기분을 나는 잊을 수 없다.

사직서를 쓰고 병원을 뛰쳐나온 그날 저녁까지도 나는 병원을 떠날 마음이 없었다. 그날은 일주일의 여름휴가를 떠나기 전날이었다. 남은 일을 마무리하고, 환자들에게 휴가 다녀오겠다는 인사를 하고, 일주일간 내 환자를 맡아줄 선배 레지던트에게 남길 인수인계서를 쓰고 있었다.

우울증의 끝에 서 있던 나는 끊어지기 직전의 고무줄 같은 상태였다. 체력적으로 정신적으로 완전히 소진된 번아웃 상태이기도 했다. 일에 치이고 사람에 치여 부팅만 겨우 되는 고물 컴퓨터 같은 상태에서, 나는 일주일간 병원을 완전히 떠나 자신을 리셋하고 싶었다. 휴가지가 어디인지는 중요하지 않았다. 내 휴가의 가장 큰 목적은 병원이라는 전원을 끄고 단 일주일만이라도 온전히 나 자신을 되살려 오는 것이었다.

그래서 내가 없어도 문제가 없도록 인수인계서도 정성스레 썼다. 대부분은 바쁘다는 핑계로 인계서는 대강 쓰고 구두로 인수인계를 하면서 그때그때 생각나는 내용을 덧붙이는데, 그러다 보면 빼뜨리는 부분이 생기게 마련이다. 여러 면에서 인계서를 제대로 남기는 게 중요하다고 생각했다. 각각의 환자마다 주의해서 살펴야 할 부분, 지금 먹고 있는 약과 부작용, 특이사항을 일일이 정리하고, 문서가 너무 길어지면 눈에 띄지 않을까봐 중요사항에 대한 한 줄 요약까지 덧붙였다.

그러다 보니 시간이 오래 걸려 퇴근 시각을 넘겼다. 같이 나가서 저녁 먹고 오자는 동기들의 제안도 사양하고 혼자 인수인계 서류를 마무리 짓고 있을 때 다음 주에 내 환자를 맡아줄 선배에게서 카톡이 왔다. 자신이 오늘 병원에 없어 인계를 받지 못했으니 월요일 아침에 전화하겠다는 것이었다. 나는 정중하게 휴가 기간 동안 연락이 안 될 것이라 죄송하다, 인계서를 잘 남겨 놓겠다고 대답했다.

선배는 대답이 없었고, 10분이나 지났을까. 격노한 병동 치프chief에게서 전화가 왔다. (병동 치프는 그 병동에서 가장 연차가 높은 레지던트로, 해당 병동의 모든 레지던트 업무를 총괄 감독한다. 교수나 전문의와의 의사소통은 대개 치프를 통해 이루어지며, 레지던트들이 연차를 쓰거나 학회를 갈 때도 공식 결재라인 이전에 우선 치프에게 허락을 받아야 한다.)

치프는 내가 휴가 기간 동안 연락이 안 될 것이라는 데에 황

당해하고 대단히 화가 나 있었다. 전화를 통해 들려오는 그의 말은 의사로서 구구절절 옳았다. 의사가 자기 환자를 떠나서는 안 된다, 만약 응급상황이 생기면 담당 레지던트와 연락이 되어야 하지 않겠느냐, 우리 병원 누구도 연락을 끊고 휴가를 가지 않는다……. 그의 말이 원칙적으로 옳기에 반박할 수가 없었다.

'제가 인수인계서 꼼꼼하게 잘 써놓았고, 주치의인 전문의 선생님들도 다 병원에 계시는데요……. 제 환자 중에 응급환자가 없는 건 선생님도 아시잖아요…….'

내가 하고 싶은 말은 도망자의 비겁한 변명처럼 느껴져 입속에서만 맴돌 뿐 말이 되어 나오지 않았다. 내가 말을 잇지 못하자 치프는 대답을 독촉했다.

"휴가 기간이라도 연락은 되어야 합니다. 이건 업무 지시입니다. 알겠어요? 대답하세요. 왜 대답이 없어요?"

그의 말이 옳다는 건 알았지만, 조금이라도 그의 양해를 구하고 싶었다. 하지만 머릿속이 하얗게 지워져 말이 정리가 되지 않았다. 당신의 말이 옳다, 하지만 내가 지금 너무 힘드니 며칠만이라도 말미를 줄 수 없겠냐는, 그 말을 만들어내기가 왜 그렇게 어려웠을까. 내 뇌가 작동을 멈춰버린 것 같았다.

"저, 선생님, 제가 이따가 다시 전화 드리면 안 될까요?"

"안 됩니다. 지금 대답하세요. 당연한 건데 왜 대답을 못해요? 대답하지 않으면 알겠다는 뜻으로 알고 끊겠습니다."

가까스로 용기를 내어 한 말은 단칼에 베어졌다. 지금 생각해보면 치프도 전례 없는 상황에 당황했을 것이라는 생각이 든다. 이 친구가 정말로 핸드폰을 꺼버리기 전에 잡아놔야 한다는 생각이 앞서 서둘렀고 말이 거칠게 나왔을 수도 있다. 전화를 끊으면 그 순간 연락이 끊기고 사라질지도 모른다는 다급함이 있었는지도 모르겠다. 그렇지만 조금만 믿고 기다려줄 수는 없었던 걸까. 그때 나는 낭떠러지 끝까지 밀린 기분이었다.

내가 꿀 먹은 벙어리가 되어 있자 그는 다시 한번 대답을 독촉하고는, "그럼 알겠다는 뜻으로 알고 끊겠습니다" 하고 냉정하게 전화를 끊었다. 몇 분 안 되어 카톡 공지방에 휴가 때 연락이 두절되는 것은 절대로 불가하다는 치프들의 지시가 연이어 올라왔다. 예의 바른 1년차인 내 동기들은 "네, 알겠습니다" 하고 깍듯한 즉답을 보냈다. 그 순간의 심정을 뭐라고 표현해야 할까. 울고 싶은데 뺨 때린다는 비유가 딱 알맞을 것이다. 서러움이 울컥 올라왔다. 모두에게서 소외된 느낌. 가깝다고 믿었던 사람들마저 등을 돌려버린 것 같은 그때의 그 망연함. 항상 윗년차의 카톡에 꼬박꼬박 잘 대답하던 동기들이었으니 그날이

새삼스러울 것도 없었다. 하지만 그때 나는 그것을 헤아릴 여유도 없었고, 솔직히 지금도 궁금하다. 내일 내가 휴가를 떠나는 것을 모두가 빤히 아는 상황에서, 그들은 그 말이 나를 향한 경고임을 정말 몰랐을까.

내 머릿속에서는 폭풍이 휘몰아치고 있었다. 매번 직접적인 소통을 피하고 치프의 권위에 기대는 비겁한 선배 레지던트에 대한 서운함과 미움, 다짜고짜 나를 몰아붙이는 치프에 대한 원망과 야속함, 도망치고 싶었던 나 자신에 대한 창피함, 기댈 곳도 믿을 곳도 없다는 바닥없는 절망감이 내 안에서 빙글빙글 소용돌이치며 나를 빨아들였다. 이미 내 감정은 나의 통제를 벗어나고 있었다.

'나는 더 이상 여기 있을 수 없어.'

소용돌이의 바닥은 그 생각 하나로 모여들었다. 그것만이 그 순간 내가 납득할 수 있는 단 하나의 진실이었다. 자살하기 직전의 '터널 시야'에 대한 강의를 들은 적이 있다. 터널로 들어가면 주위가 깜깜한 가운데 오직 출구의 빛만이 하얗게 떠오르듯이, 어느 순간 다른 모든 생각이 무의미해지면서 오직 자살만이 문제의 해결책으로 떠오르게 되고 그 생각이 전부를 지배하면서 자살을 결행하게 된다는 이야기다.

사회적 자살 직전에 있었던 나도 마찬가지였다. 내 머릿속에 다른 생각들이 없었던 것은 아니다. 여기서 포기하면 나만 손해야, 다른 사람들도 버텨나가고 있으니 나도 할 수 있어, 지금이 지나면 나아질 거야 등등 다른 사람들이 했을 법한 충고가 내 머릿속에도 있었다. 허망한 낙오에 대한 자괴감도, 꿈을 잃는다는 상실감도 있었다. 그러나 그 모든 것은 그저 유령 같은 그림자로 존재할 뿐 전혀 설득력이 없었다. 구름처럼 머릿속에 둥둥 떠다닐 뿐이었다. 그래서 자살하려는 사람을 이성적으로 설득하는 것은 큰 의미가 없다. 그 모든 것이 이미 그 사람의 머릿속에도 있기 때문이다.

내가 금방이라도 터져버릴 것 같은 굳은 표정으로 인계서류를 마무리하고 내 짐들을 정리하는 동안, 당직으로 남아 있던 동기는 내 심정을 이해하려고 많은 노력을 했을 것이다. 설득해 봤자 소용없다는 것을 알기 때문에 무슨 말을 해야 할지 고심했을지도 모른다. 내가 떠나겠다고 했을 때 그녀는 나를 보내주면서도 기회를 열어두는 것을 잊지 않았다.

"언니가 그렇게 결정했다면 가야지. 하지만 언니가 돌아온다면 나는 언제든지 환영할 거야."

그녀는 그렇게 어른스럽게 나를 보내주었다. 우리는 모두 성인이니까 결정은 본인의 몫이라는 것을 최대한 존중한 발언이었을 것이다. 나 역시 입장이 바뀌어 있었다면 그렇게 말했을지도 모른다. 다만 그녀가 몰랐던 것은 그 순간의 나는 성인이 아니었다는 것이다. 충동과 단 한 가지 생각에 휩싸인 나는 눈앞에 보이는 외길 외에 갈 곳을 잃은 어린아이나 다름없었다.

그때 나는 보내주기를 바라면서도 한편으로는 잡아주기를 바랐던 것 같다. 자살하는 사람이 죽고 싶은 마음과 살고 싶은 마음 사이에서 갈등하는 것처럼, 나 역시도 가겠다는 강경한 마음 안에 누군가가 "안 돼!"라고 막아서주기를 바랐다. 안 된다고 하면 나는 아마 다투었을 테지만, 그래서 그 사람에게 상처를 주었겠지만, 그래도 그가 굴하지 않고 끝까지 나를 잡았으면 나는 못 이기는 척 돌아왔을 것이다. 그러나 분명 쉽지 않은 과정이었을 것임을 알기에 나는 이미 터널 속으로 빨려 들어가버린 나 자신 외에 누구도 탓할 수 없다. 그렇게 나는 병원을 떠났다.

터널 시야가 발생했을 때 가장 중요한 것은 그 한순간을 넘기는 것이다. 만약 당신이 나와 같은 감정의 소용돌이를 겪고 있다면, 자신을 던져버리고 싶은 충동적인 한순간이 왔을 때 그때만은 어떻게든 넘기라고 꼭 말해주고 싶다. 그 순간 내리는 결정은 당신의 전부가 고려된 결정이 아니라, 아주 일부의 감정이 당신을 휩쓸어가는 것일 뿐이라고 말이다.

입장을 바꾸어 만약 당신 곁의 누군가가 위태로운 상황이라면, 그가 터널의 끝에서 몸을 돌려 떨리는 손을 내밀었을 때 망설이지 말고 꽉 잡아야 한다. 지금 그의 머릿속에는 단 한 가지 생각밖에 없다는 점을 이해해주고, 그럼에도 나는 당신과 함께 여기에 머무르고 싶다고 확고하게 잡아주고, 지금 이 순간만 참고 내일 다시 생각해보자고 설득하는 것이다.

그러면 내일 똑같은 상황이 반복되지 않겠냐고? 그럴 수도 있겠지만, 오늘보다는 가능성이 적을 것이다. 일단 터널을 빠져나오면 머릿속에 유령처럼 떠돌던 합리적인 생각들이 힘을 얻을 기회가 생긴다. 나를 잡아주는 사람의 존재도 절망감과 소외감을 상쇄한다. 나는 자살하려는 사람을 대할 때 결코 이 점을 잊지 않으려고 노력한다. 나는 당신이 이 세상에 있어주기를 바란다는 것을, 오늘 밤이 결코 당신의 마지막이 되어서는 안 된다는 것을 말이다.

내가
책임져야
할 것

몇 개월이나 지났는데도 병원을 그만둔 때를 떠올리는 것은 부끄럽고 힘든 일이다. 환자들에 대한 미안함과 죄책감이 가장 크다. 의사가 환자를 뒤로하고 떠났다는 것은 변명의 여지가 없는 일이다. 그분들은 얼마나 황당했을까. 일주일간 휴가 다녀오겠다며 인사하고 간 사람이 갑자기 사라지고 담당 의사도 바뀌어버렸으니.

동료와 상사들에게도 몹쓸 짓을 했다. 안 그래도 인원이 부족해 힘든 상황에 부담을 가중시켰고, 전문의 선생님들에게는 인사도 제대로 드리지 않고 병원을 나와버렸다. 생각할수록 마음이 무겁다. 내게 각별히 신경을 써주신 전문의 선생님이 계셨는데, 나와 같이 일하던 동기가 퇴사한 후 남아 있는 내가 힘들 것을 걱정하여 따뜻한 격려도 자주 해주시고, 하루는 따로 불러 마음에 위로가 되는 책도 한 권 건네주셨다. 속지에는 정갈한 글씨체로 마음을 담은 메시지가 적혀 있었다. 틈틈이 소중하게 읽었지만, 병원을 나오고 나서는 한동안 그 책을 펼치지 못했다. 당시 힘든 내게 가장 필요한 책이었는데도 그분을 떠올리는 것이 괴로워서 차마 손이 가지 않았다.

충동적으로 병원을 뛰쳐나온 후 얼마간의 시간이 흐르고 나서야 내가 했던 일을 돌아볼 수 있었고, 내가 조울병 환자라는 것을 인식하고 인정하게 되었다. 그러나 혼란스러운 마음속에 회의도 불쑥 올라왔다.

'내가 조울병이라고? 내가 했던 일을 병 핑계로 돌리려고 환자인 척하는 거 아니야?'

내 증상을 하나하나 꼽아보면서도 처음에는 내가 환자라는 것을 받아들이기가 힘들었다. 병을 핑계로 책임에서 도망치려는 것은 아닌지 자신을 성찰해보기도 했다. '내가 그런 사람인 것이 아니라 병에 휘둘려 어쩔 수 없었다'고 하면 마음은 좀 더 가벼워지기 마련이니까 말이다.

내가 조울병이었던 것은 사실이다. 그러나 병이 있든 없든 분명한 것은, 내가 한 행동에 대한 책임은 나에게 있다는 것이다.

병에 걸린 것이 잘못은 아니다. 조울병에 취약한 유전자를 타고난 것은 내가 원한 것이 아니다. 부모가 원해서 물려준 것도 아니다. 그저 누군가는 큰 키 유전자를 물려받고 누군가는 작은 키 유전자를 물려받듯이, 누군가는 검은 머리로 누군가는 금발 머리로 태어나듯이, 누군가는 기분 기복에 강한 유전자를 물려받고 누군가는 기분 기복에 취약한 유전자를 물려받아 태어났을 뿐이다. 조울병의 발병에는 유전과 환경이 함께 작용하는데, 자라온 환경 역시 내가 선택할 수 있었던 것은 일부분에 불과하다. 병에 걸린 것 자체는 환자의 잘못도 책임도 아니다.

그러나 그 병으로 인해 행동한 결과에 대해서는 자신이 온전히 책임을 져야 한다. 조울병은 어느 한순간 불쑥 튀어나와 모든 것을 휘젓고 사라지는 상상 속의 괴물이 아니다. 병이 진행되는 동안 크고 작은 사건들이 있었을 것이다. 그 증상을 알아차리지 못하고 치료받지 않아 다른 사람에게 해를 끼친 것에 대해서는 본인이 책임을 져야 한다. 병에 휘둘려 내 평소 의도와 다른 행동을 한 것이라 해도, 그로 인해 상처받은 사람이 있고 피해를 입은 일이 남는다. 그에 대한 책임은 오롯이 나의 몫이다. 내가 치료를 받기로 결심한 이유도 여기에 있다.

치료를
결심하다

🌿

내가 '병'에 걸렸다는 것을 인지하고 치료를 받아야겠다고 처음 마음먹은 날을 기억한다. 지금은 예전의 일을 차근차근 되짚어보면서 병의 증상이 있었음을 돌이켜 볼 수 있지만, 그 당시에는 병이라고는 생각하지 못하고 기분 기복이 엉망진창으로 심하다고만 느꼈을 뿐이었다.

갑작스럽게 레지던트 수련을 그만둔 후 약 2주간, 나는 하루의 절반은 전에 없던 자유로움에 들뜬 상태로, 나머지 절반은 급격히 가라앉는 후회와 자괴감이 뒤섞인 상태로 지내고 있었다. 겉으로는 태연한 척했지만 기분은 극과 극을 오가는 상태였다. 같은 일에 대해서도 낮의 생각과 밤의 생각이 달랐기 때문에 점점 더 내가 느끼는 감정과 나의 판단력을 믿을 수 없게 되어 괴로웠다. 그나마 책을 읽거나 글을 쓰는 동안에는 다른 생각이 비워지면서 상대적으로 평화로웠기에 그때만큼 책을 많이 읽은 적도 없었다.

그날 아침 집어든 책이 의전원 시절 인상 깊게 읽었던 케이 레드필드 재미슨의 〈조울병, 나는 이렇게 극복했다〉(원제: An Unquiet Mind)였다. 저명한 심리학 박사이자 정신과 교수인 저자가 수차례의 조증과 우울증 발작을 거치며 투약의 필요성을 인정하고 받아들였던 자신의 경험을 쓴 책이다. 그때 책을 사서 한 번 읽은 후로 한동안 그 책을 읽지 않았다.

고백하자면, 나는 정신과 레지던트였지만 내심 정신과 약에 대한 거부감을 가지고 있었다. 조울병이 단순히 심리적 질환이 아니라는 점도 잘 알고 있고 환자들에게 투약의 중요성을 강조하면서도 내 안에는 이유 모를 거부감이 있었다. 즉, 다른 많은 사람들처럼 '꼭 약을 안 먹어도 되지 않을까', '약이 아닌 다른 치료로도 가능하지 않을까' 하는 마음이었다. 그 내면의 갈등 역시 레지던트 수련을 그만두는 데 일조했을지도 모른다. 정신과 수련에 가장 중요한 부분은 약에 대한 것이기 때문이다.

재미슨의 책은 무척 현실적이고 구체적이다. 어떻게 이런 것까지 기억하고 있나 싶을 정도로 사건과 감정 묘사가 세세히 살아 있고, 병이 커져가는 과정과 투약과의 싸움, 이 모든 것이 믿을 수 없을 정도로 솔직하게 쓰여 있다.

책을 읽던 중 시선이 머무른 곳은, 생산적인 활력과 기분의 기복 정도로 치부될 수 있었던 그녀의 증상이 재발을 반복하며 차츰 상식을 벗어난 조증 상태로 넘어가는 부분이었다. 과도하게 화려한 복장과 진한 화장을 하고, 어떤 시詩에 심취해서는 업무와는 상관도 없는 그 시를 몇십 부씩 복사해서 병동 전공의들에게 나눠 주기도 하고, 분수에 맞지 않는 거액의 돈을 낭비하여 신용불량 상태가 되면서도, 자신은 그것이 이상한 줄 모르고 단지 유쾌하고 기분 좋은 상태이며 상식적으로 이해될 수 있는 수준이라고 여겼다. 전형적인 병식(병에 대한 인식, 내가 병이 들었다고 스스로 자각하는 것) 결여다. 그다음 수순은 산더미 같은 빚과 커리어의 중단, 결혼 생활의 파탄이었다.

그때 나는 그녀의 파탄 전 단계와 비슷했다. 아니, 이미 직장을 때려치웠으니 파탄 단계로 들어섰다고 보아야 할까. 나는 최근 몇 주간 나의 행동을 돌이켜 보았다. 평소의 나와 달랐던 행동의 기억들이 물밀듯 밀려왔다.

당시 국립병원 레지던트로 월급이 200만 원대이던 나는 입사하고 6개월도 안 되는 사이에 옷값으로만 300만 원 가까이를 탕진했다. 평소 캐주얼한 옷과 심플한 바지 정장을 즐겨 입었으나 그때 산 옷들은 대부분 원피스, 프릴 블라우스, 높은 하이힐 등 화사하고 여성스러운 것들이었다. 그 외에도 평소 사치라고 여겨 관심도 갖지 않던 명품 시계와 최신 IT 기기를 사들였고, 기분 전환으로 호텔 바에서 한 잔에 수만 원짜리 샴페인을 시켜 마시기도 했다. 이전 회사 생활을 할 때 알뜰하고 검소하게 돈을 모았던 나는 어디로 사라진 걸까. 그런데도 스스로는 이상한 줄 모르고 나는 이 정도의 돈을 쓸 수 있고 쓸 자격이 있다고 믿었다. 결정적으로 나는 병원을 그만두고 실업자가 되자마자 수백만 원짜리 크루즈 여행과 비즈니스석 항공권을 예매했다. 여행을 계기로 완전히 새로운 어떤 기회가 찾아올 것 같았고, 모두가 즐기며 사는 이 시대에 내 젊은 시절에 투자한다는 것이 하나도 아깝지 않았다.

재미슨이 사치품을 사들이는 대목과 내가 했던 행동들이 오버랩되면서 '조증의 충동구매에는 이런 과시욕이 반드시 작용한다'는 말이 내 정신을 번쩍 나게 했다. 나 역시 그랬다. 자랑하지 않는 척했지만 비싼 물건과 고급스러운 소비를 누가 알아봐주고 칭찬해주면 둥둥 떠오르는 기분이었다. 그래서 더욱 스타일에 신경을 쓰고, 남들이 가지고 있지 않을 만한 것들을 사들였다. 그제야 현실에 눈을 떴다. 나는 조울병이었다. 내 병은 점점 심해지고 있었고, 이대로 가면 더 많은 것을 파탄 낼 것이었다.

조증뿐만 아니라 조증과 빠르게 교차해서 찾아오는 우울증으로 인해 밤마다 불면과 자책감과 자살 충동에 시달리는 날들이었다. 죽음 자체는 두렵지 않았다. 오히려 죽으면 모든 것이 끝나고 편안해진다는 생각에 매일 죽음을 꿈꾸었다. 자살을 감행하지 않았던 이유는 죽으려다 죽지 못할까 봐, 죽는 과정에서 끔찍한 고통을 느끼거나 불구가 된 상태로 살아남을까 봐 두렵기 때문이었다. 밤마다 아파트 아래를 내려다보며 '여기서 뛰어내리면 단번에 죽을 수 있을까' 생각했다. 어느 순간 선을 넘으면, 한순간에 직장을 그만두었듯 순식간에 목숨도 거둬버릴지 모를 일이었다.

약에 대한 여전한 거부감이 스멀스멀 올라왔지만, 약물치료를 받아야 한다는 것을 알았다. 2년간의 정신분석도 나를 완전히 치료해주지는 못했다. 비약물적 치료를 폄하할 생각은 없다. 정신분석을 받고 있던 당시에는 많은 심리적 도움을 얻었고, 비약물적 치료 역시 약물치료 못지않게 중요하다고 생각한다. 그러나 현대 생물정신의학에서 밝혀졌듯 조울병이 뇌의 신경전달물질 장애로 인해 일어나는 신체적 질병이라면 단순히 의지력만으로 치료하기는 어려울 것이었다. 나는 신체의 자연 치유 능력과 마음이 신체에 미치는 긍정적인 영향도 믿지만, 이미 내 상태는 그 단계를 벗어나 있었다.

널뛰는
감정
속에서

🍃

　조울병의 정식 명칭은 양극성장애bipolar disorder다. 조증과 우울증 양극단을 모두 아우르는 병이라는 뜻이다. 조울병은 일정 기간 동안 병의 진단 기준에 부합하는 증상들이 두드러지게 나타났다가, 다시 증상이 사라지고 평소로 돌아가는 일이 반복되는데, 이렇게 평소와 구분되는 증상 발현 기간을 삽화episode라고 한다. 조증이 지배하는 시기를 조증삽화, 우울증이 지배하는 시기를 우울삽화라고 하고, 조증과 우울증이 같은 시기에 나타나는 혼재성 양극성장애(구용어: 혼합삽화)도 있다.

　나는 혼재성 양극성장애였다.

　하루 중에도 기분이 들뜨고 가라앉는 일이 수차례 반복됐다. 기분이 좋을 때는 신나게 여행을 계획하고 낮 시간을 마음대로 쓸 수 있다는 행복감에 푹 빠졌다. 어떤 일을 해야겠다는 생각이 떠오르면 잠시도 지체할 수 없어서 바로 착수했다가 금방 싫증을 느끼고 다른 일을 떠올렸다. 블로그를 시작하겠다며 글을 마구 써대다가 마무리도 짓지 않고 소설 읽는 데 푹 빠지고, 누구에게 어떤 말을 해야겠다는 생각이 들면 바로 전화기를 들었다. 자신에 대한 과대망상도 걷잡을 수 없이 커져, 크루즈 여행기를 블로그에 올리면 대히트를 치지 않을까, 레지던트를 계속하는 사람은 많고 그만둔 사람은 얼마 없으니 희소성이 있어 성공할 수 있지 않을까 하는 허무맹랑한 생각들이 현실처럼 느껴졌다.

그러다가 몇 년 뒤에 친구들은 모두 전문의가 되어 있을 미래를 상상하면 내가 충동적으로 저지른 짓에 대한 죄책감과 망쳐버린 꿈에 대한 자괴감이 몰려오고, 걷잡을 수 없이 우울해지면서 아무것도 하고 싶지 않아졌다. 밥도 먹지 않고 잠도 자지 않은 채 하루에 몇 시간이고 멍하니 누워서 후회를 곱씹고 있다가 그냥 죽어버릴까 하는 생각까지 드는 것이었다. 하루 종일 집에 있었지만 집안일은 하나도 하지 않았다. 아니, 해야 할 일이 있다는 것조차 느끼지 못했다. 하루의 대부분은 나의 역전 만루홈런 같은 성공적인 미래에 대해 공상하다가 쓸데없는 일에 몰두하거나, 반대로 아무것도 하지 않은 채 죽은 듯이 우울한 상태로 지나갔다.

그 결과 자신에 대한 불신과 혼란도 심해졌다. 내가 지금 생각하는 일이 옳은 것인지, 상식적인 범위 내에 있는지 판단할 수가 없었다. 조금 전까지만 해도 잘한다고 생각했던 일이 곧 바보같이 느껴지거나, 이건 하지 말아야지 다짐했던 일이 꼭 해야 할 일처럼 생각되었다. 몇 시간 전만 해도 여행은 내 삶을 풍요롭게 할 벅찬 꿈이고 '현재를 살라'는 금언을 실행하는 일이라는 확신이 있었는데, 몇 시간 후의 나는 그 바보 같은 소비를 후회했고 여행 준비를 할 의욕조차도 없었다. 아름답고 황홀하게 느껴졌던 선상 갈라 파티와 드레스가 곧 준비하기 귀찮고 버겁게 느껴져 아무것도 하지 않고 미루었다. 당장이라도 여행을 취소하고 싶었지만 가당찮게도 최저가라는 이유로 수백만 원짜리 여행을 환불 불가능으로 구매해놓은 상태였다.

이런 극단적인 생각과 감정의 부침浮沈은 다른 모든 일에 대해서도 마찬가지였다. 심지어 치료를 결심했을 때조차도 이전에 근무하던 병원으로 갈 것인지 다른 병원으로 갈 것인지, 나를 아는 의사에게 조언을 구하는 것이 좋을지 나쁠지, 만약 연락을 한다면 언제 하는 것이 좋을지조차 나는 스스로 결정할 수가 없어 갈팡질팡했다. 지금 옳다고 생각했던 일이 곧 후회스러운 일로 바뀌었기에, 아주 사소한 일조차도 스스로 판단하여 결정하는 것이 두려웠다.

그때 많은 도움이 되었던 사람이 남편이다. 남편은 안정적이고 상식적인 사람이었고, 나에게 한결같은 지지와 사랑을 보내주었다. 이전 수년간 감정의 기복을 탈 때도 무던하게 받아주었고, 내가 조울병일지도 모른다고 고백하자 이제까지 이해하기 어려웠던 행동들이 설명된다며 잘 치료받자고 격려해주었다. 정신적으로 취약해져 있는 환자에게 있어 지지적인 보호자의 존재는 매우 중요하다. 정신질환에 대한 편견 없이 그저 하나의 병으로 자연스럽게 받아들여주고 격려해준 남편의 존재는 내가 병을 인정하고 치료를 시작하는 데 큰 힘이 되었다. 치료를 위해 전 근무지의 선배 의사를 만날 용기를 낼 수 있었던 것도 남편 덕분이었다.

환자의
가족으로
산다는 것

🌿

　남편과는 동호회에서 만났다. 사회 초년생 시절 재미 삼아 가입한 온라인 재테크 동호회 모임에서였다. 그나 나나 둘 다 동호회 활동을 그리 활발하게 하는 편이 아니었는데, 그날따라 만남이 성사되려고 그랬는지 모임 날짜에 마침 약속도 없고 심심해서 정모라는 데에 한번 나가볼까 싶은 생각에 얼굴을 내밀었다. 둘 다 첫 정모 참석이었다. 우연히 같은 테이블 맞은편에 앉게 되었는데, 그는 처음 만난 사람들에게도 활짝활짝 잘 웃고 싹싹한 내 모습에 반했다고 한다. 나는 그의 차분하고 무던한 성격에 호감을 느꼈다. 그는 말하기보다 주로 듣는 타입이었고, 상대방의 재치 있는 말에 씩 웃는 모습이 소년 같았다.

모임 후에도 메신저로 연락을 주고받다가 몇 번 만나면서 한 달 만에 연인 사이로 발전했다. 연애를 하면서 다투면 거의 내가 일방적으로 화를 내는 편이었고 그는 묵묵히 받아주는 쪽이었다. 과묵하고 너그러운 모습에 처음 매력을 느꼈으면서도 싸울 때는 그 모습조차 트집거리가 되어 나 혼자 크게 성을 내곤 했다. 지금은 기억도 나지 않는 사소한 일로 그 사람 많은 광화문역에서 남들이 보거나 말거나 화를 내다 토라져 먼저 집에 가버리기도 하고, 그의 동료들과 같이 간 야구장에서 먼저 나와버리기도 했다. 지금 생각하면 참 힘든 여자친구였지 싶다. 그러나 그는 아무리 화가 난 상태에서도 나를 따라 나오고 나름의 성실함으로 달래려 노력하는 착한 연인이었다.

그런 성품의 남자와 연애를 하고 결혼을 해서 살다 보니 나도 본래의 날카롭고 기복 심한 성격에서 많이 부드러워지고 느긋해졌다. 결혼 후 몇 년간은 내가 회사 생활을 하고 의학전문대학원에 다녔던 시기와 겹치는데, 이때 특별한 삽화 없이 잘 지내온 데는 남편의 영향도 컸을 것이다. 그렇다면 레지던트를 하다가 삽화가 발병한 것은 무슨 까닭인가 하는 의문이 생기는데, 굳이 끼워 맞추자면 인턴 시기 기숙사 생활이 영향을 미쳤다고 볼 수도 있겠지만, 그보다는 그와의 안정적인 관계가 그

전에 발병할 수도 있었던 필연적인 병의 진행을 늦추어준 것이라고 생각한다. 그가 없었더라면 나는 아마 이십대 후반쯤에 격렬한 삽화와 더 이른 파탄을 겪었을 것이다.

내가 조울병을 진단받고 치료를 시작할 때쯤 주치의가 내게 물었다.

"그런데 남편은 이상하다고 느끼지 않았대요?"

듣고 보니 나도 궁금했다. 특히 조증 시기에 집에 와서 보였던 행동들은 분명히 과한 면이 있었는데도 그는 내게 그런 점을 지적한 적이 없었다. 주치의의 질문을 내가 그대로 물어보았을 때 남편의 대답이 걸작이었다.

"만날 때부터 원래 그랬으니까. 성격이라고 생각했지."

내 남편과 마찬가지로 많은 기분장애 환자들의 가족이 병이라고 생각하지 못하고 '기분 기복이 심한 성격'이라거나 '다혈질 성격', '우울한 성격'이라고 생각한다. 감당할 수 있을 때까지 참고 맞춰주다가 누가 봐도 정상에서 벗어난 사건이 일어났을 때에야 뭔가 이상하다 싶어 병원에 데려온다. 병이 깊어진 상태에서는 환자가 병식이 없어 병원에 가는 것을 거부하기에 가족들도 고생을 한다. 간혹 어떤 의사들은 병을 키워왔다고 가족을 나무라기도 하는데, 가족들 입장에서는 그게 당연하다. 내가 보아온 이 사람의 모습이 원래 그랬고 그것이 정상인 것이다. 증상이 반복될수록 점차 심해지기는 하지만, 아예 없었던 일이 아니기에 병이라고 생각하기는 쉽지 않다. 의사는 자신이 처음 만난 환자의 모습에서 아무리 현저한 증상을 보았다 해도 그것으로 가족을 나무라서는 안 된다. 가족들에게는 의사는 보지 못한 점진적인 진행 과정이 있었고, 병이라고 진단받는 것 자체가 가족에게는 또 다른 충격이다. 환자 못지않게 가족도 힘들다.

부모의 경우 혹시 내가 잘못 키운 게 아닐까 하는 죄책감이 더해진다. 유전적 요인이 있는 병이라고 하면 그 또한 내가 물려준 탓이라며 괴로워하는데, 그렇게 치면 세상 모든 부모는 자식에게 미안해야 할 것이다. 키, 피부 색깔, 팔다리 길이, 내장 기관의 건강, 고혈압, 당뇨, 암 경향성 등 우리 몸은 유전자의 집합체고 누구도 완벽하게 태어나지 않는다. 부모의 자책은 환자에게도 짐이 되어, 스스로에 대한 죄책감과 부담감 때문에 병이 악화되는 경우도 있다. 부모의 깊은 마음을 다 헤아릴 수는 없지만, 너무 큰 책임감을 내려놓고 담백하게 환자를 마음으로 지원하고 치료를 격려해주는 것이 더 도움이 될 것이다.

나는 남편이 참 고맙다. 처음 내가 "나 조울병인 것 같아"라고 말했을 때 그는 놀라기는 했지만 어떤 터부도 보이지 않았다. '그럴 리가 없다'거나 '그런 생각 하지 말라'는 등 병을 부정하는 말은 용기를 내서 병을 직면하고 치료하려는 환자를 위축시킨다. 그는 "나 조울병이야"라는 말을 마치 "나 빈혈이 있대"라는 말처럼 평범한 병의 하나로 받아들여주었다. 내 병에 대해 관심을 갖고 알고자 했고, 치료 잘 받자고 격려해주었다.

그는 다른 사람을 대할 때 '이해하려 애쓰지 않는다'고 했다.

"이해하려고 하면 더 힘들어. 그냥 저 사람은 저렇구나 하고 받아들이는 거지."

어쩌면 환자와 가족의 갈등 중 많은 부분이 서로 이해하려는 마음 때문에 일어나는 것이 아닌가 생각해본다. 이해하려는 마음은 내 틀에서 그 사람을 해석하려는 시도다. 그 틀이 아주 넓으면야 상관없겠지만 대부분 우리는 자라면서 형성된 일정 용량의 틀을 가지고 있고, 그 틀에서 볼 때 '도저히 이해할 수 없는' 일은 생각보다 자주 일어난다. 보통 사람끼리도 그럴진대 하물며 병이 있는 환자와 병이 없는 가족이야 말해 무엇하랴. 환자 스스로도 자신을 이해할 수 없을 때가 있는데 가족과의 마찰은 필연적일지도 모른다.

이해하는 대신 그대로 받아들이라는 것은 환자의 모든 행동을 감내하라는 뜻이 아니다. 마음속에 욱여넣어 부담을 갖지 말고 환자의 모습을 있는 그대로 지켜보라는 것이다. 잘할 때는 칭찬해주고 잘못할 때는 제지하고, 환자가 흔들릴 때는 객관적인 시선에서 조언해줄 수도 있다. 가족의 피드백은 환자가 병식을 갖추는 데 큰 도움이 된다. 환자와 가장 가까운 전문가로서 합리적인 눈과 귀가 되어 환자를 든든하게 지지해주는 것이야말로 가족만이 할 수 있는 중요한 역할이 아닐까.

조울병의 유형

조울병은 제1형 양극성장애와 제2형 양극성장애로 구분하고, 이보다 증상의 정도가 조금 덜한 순환기분장애도 양극성장애 범주에 포함된다.

1) 제1형 양극성장애 Bipolar I Disorder

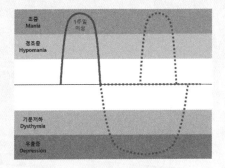

한 번이라도 조증이 발생했다면 진단은 제1형 양극성장애다. 우울증은 있을 수도 있고 없을 수도 있다. 간혹 평생 우울증 없이 조증만 반복되는 경우도 있지만, 대부분 생의 다른 시기에 우울증이 발생한다. 그중에서도 조증 직후에 바로 우울증이 뒤따르는 경우가 통계적으로 60%가량 된다. 양극성장애 환자의 자살 위험도는 일반인의 15배에 이른다.

2) 제2형 양극성장애 Bipolar II Disorder

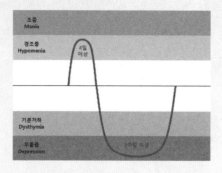

제2형 양극성장애에서는 우울증이 중요하다. 1회 이상의 경조증과 1회 이상의 우울증이 있었다면 제2형 양극성장애다.

경조증 시기에는 일상생활에 큰 문제를 일으키지 않기 때문에 주로 우울증일 때 병원를 찾게 되고, 진단도 주요우울장애(통칭 '우울증'의 정식 명칭이 '주요우울장애')로 내려지기 쉽다. 치료 중 경조증이 발생하거나 과거 경조증이 있었음이 밝혀져 진단이 조울병으로 바뀌는 경우가 적지 않다.

경조증이 가벼운 정도의 조증이므로 제2형 양극성장애도 '가벼운 제1형 양극성장애'로 간주되었던 적이 있으나, 지금은 제2형 양극성장애의 심각도가 제1형에 뒤지지 않는다고 보는 것이 일반적이다. 제2형 양극성장애는 제1형보다 만성화되기 쉬우며 더 우울하고 자살 위험도 높다.

3) 순환기분장애 Cyclothymic Disorder

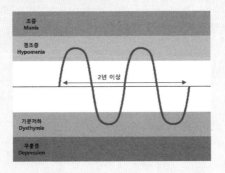

순환기분장애는 경조증(조증에 미달하는 들뜸)과 기분저하(우울증
에 미달하는 우울함)가 반복되는 만성적인 기분장애다. 정도가 덜한 양
극성장애라고 볼 수 있다. 너무 들떠서 조증까지 가면 제1형 양극성장애
가 되고, 너무 가라앉아서 우울증으로 가면 제2형 양극성장애가 된다.
순환기분장애의 15~50%가 향후 양극성장애로 악화되므로 주의가 필요
하다.

치료 이야기

조울병은 '마음의 병'이 아니라,
신경전달물질 균형이
깨져서 나타나는 '몸의 병'이다.

환자가 되어
의사를
만나다

🌱

　약물치료를 해야겠다고 마음은 먹었지만 어디서부터 시작해야 할지 알 수 없었다. 정신과 환자로 의사를 찾아간다는 것이 얼마나 긴장되고 두려운 일인지 실감할 수 있었다.

　조울병 유형 중, 나처럼 조증과 우울증이 같은 시기에 번갈아 나타나는 혼재성 양극성장애가 가장 치료도 어렵고 예후도 나쁘다. 조증 치료는 기분을 가라앉히는 것이고 우울증 치료는 기분을 띄우는 것인데, 두 가지가 동시에 존재하다 보니 자칫하면 조증을 치료하다가 우울증이 심해지거나 우울증을 치료하다가 조증이 심해질 수 있어 균형을 잡기가 어렵기 때문이다.

　'혼재성 양극성장애는 치료가 어렵다.' 책으로 배울 때는 당연하고 흥미로웠던 사실이 막상 나 자신의 경우가 되자 괴롭고 절망적인 심정이었다. 마음을 터놓을 수 있으면서도 실력 있는 치료자를 찾고 싶은데 어디에서 찾아야 할지 알 수 없었다. 내가 근무했던 병원에도 좋은 전문의들이 계셨지만, 혹시라도 옛 동료들이 내 기록을 보게 될까 봐 망설여졌고, 의사인 나를 알고 있던 사람들에게 환자로서의 내 밑바닥까지 솔직하게 드러낼 자신이 없었다. 병원을 갑작스럽게 그만둔 지 얼마 안 되었기 때문에 그에 대한 죄책감과, 혹시 오해를 받거나 반대로 동정을 받을지도 모른다는 생각 역시 나를 주저하게 했다. 그렇다고 다른 병원에 가자니 치료자가 어떤 사람인지 알 수 없고, "의사라고요?" 하면서 나를 바라볼 복잡한 시선이 마음에 걸렸다.

의사를 가리는 데는 예전의 내 기억이 발목을 잡았는지도 모른다. 의학전문대학원에 다니던 시절, 내 안의 정신적 불안정함을 해소하고 싶어 정신과 교수님을 찾아간 적이 있었다. 정신과 의사에게 상담치료를 받고 싶다는 말에 교수님은 의아한 표정으로 나를 잠시 바라보시다가 뜬금없이 "자네 공부는 몇 등이나 하나?" 하고 물으셨다. 대부분의 정신질환 진단 기준에는 '관련 증상으로 인해 가정적·직업적·사회적 기능에 현저한 장애가 초래될 것'이라는 조건이 붙고, 학생의 기능 수준은 성적으로 대표되기 때문이다. 성적은 우수했다. 교수님은 안심한 표정으로 "그 정도의 불안은 누구에게나 있다. 의대생은 학업 스트레스도 심하지 않느냐", "병에 대해 공부하다 보면 자신이 환자일지도 모른다는 걱정을 하기 쉽다" 등 몇 가지 격려 말씀을 해주시고 돌려보내려 하셨다. 내가 외부 의사라도 소개해주실 것을 거듭 부탁드리자 내키지 않는 손길로 명함을 찾아 건네주시던 교수님의 착잡한 표정이 꽤 오랫동안 뇌리에 남았다. 나의 오해였을지도 모르지만 그 눈빛은 '의사는 환자가 아니다'라고 말하는 듯했다.

그 경험 때문인지 아무리 정신과 의사라도 모르는 사람에게 가는 것이 내키지 않았다. 방향을 정하지 못하고 갈팡질팡하고 있을 때 남편이 말했다.

"병원에 좋은 선배 있다고 하지 않았어? 만약 환자라면 그 선생님한테 치료받고 싶다고 했던"

그런 말을 한 적이 있었다. 병원에 재직하던 시절, 하루는 합동 세미나가 있어 선배 레지던트와 같은 차를 타고 한 시간 남짓 거리의 다른 병원에 간 적이 있었다. 가는 길에 많은 이야기를 나누었는데, 어떤 정신과 전문의보다도 차분하고 유연한 성품을 가진 그에게 감동해서 나는 그런 말을 그에게도 하고 남편에게도 했던 것이다.

"그분한테 연락해서 먼저 상담해보는 건 어때?"

남편이 조언했다. 나도 그 생각을 잠깐 해본 적이 있었지만, 생각과 기분이 무척 불안정했던 터라 내가 제대로 판단을 하고 있는 것인지, 정말로 그에게 연락을 해도 될지 확신이 서지 않았다. 남편이 같은 조언을 하자 그제야 비로소 용기를 낼 수 있었다.

병원을 나온 후 처음으로 그에게 전화를 건 날, 그는 조금 놀란 듯했지만 곧 평소의 차분한 목소리로 "잘 지내세요?" 하고 물었다. 그 평범한 안부 인사가 눈물 나게 고마웠다. 내가 사라진 후 병원은 한바탕 난리가 났을 것이고, 남은 레지던트들이 나의 업무를 분담했을 것이고, 그 역시도 피해를 보았을 것이다. 레지던트 한 명이 빠질 때마다 남은 레지던트들의 업무 부담이 늘어나는 것을 잘 알면서도 그런 짓을 저질렀으니, 그의 인사에 오히려 말문이 막힌 것은 나였다. 더듬더듬 할 말을 찾다가 겨우 말을 꺼냈다.

"선생님……, 제가 예전에 만약 환자라면 선생님께 진료받고 싶다고 했던 것 기억하세요?"

그는 기억한다고 내딛혔다.

"선생님, 제가…… 양극성장애인 것 같아서 치료를 받아야 되는데……. 저 좀 도와주세요, 선생님."

도와주세요, 라는 말을 하는데 갑자기 목이 메었다. 왜 이 말을 진작에 하지 못했을까. 병식이 없었을지라도, 병원에서 내가 지독하게 힘겹고 우울했을 때 왜 나 좀 도와달라고 누구에게라도 먼저 부탁하지 않았을까.

그는 잠시 숨을 고르고 선선히 그러마고 했다. 놀랐을 그의 목소리는 차분한데 내 말이 떨리고 끊겼다.

"……한번 뵙고 싶어요. 언제 시간 좀 내주시겠어요?"

"그러죠. 언제가 괜찮으세요?"

"저는 언제라도 가능해요."

"그럼 오늘 볼까요."

급했던 내 마음을 어떻게 알았는지 그는 바로 시간을 내주었다. 그를 만나러 가는 길에 할 말을 정리했음에도 실제로 말하는 데는 또 한 번의 용기가 필요했다. 사적인 자리라 의무기록을 쓰지 않는데도 때로 말문이 막히고 그의 눈치를 살피게 되었다. 후에 진료실에서 다른 의사를 만나 모니터를 사이에 놓고 내 병력을 구술할 때는 더 긴장했다. 환자들이 이런 심정이라는 것을 미리 알았다면 좀 더 세심하게 대할 수 있었을 텐데. 의사로서 나의 모자람이 사무쳤다.

그는 타인을 수용하는 폭이 매우 넓은 사람이었다. "저 역시 부족한 사람이니까요"라는 말을 진심으로 건넬 줄 아는 사람이었으며, 상대방의 말을 주의 깊게 듣고 차분하게 말하되 자신의 생각을 강요하지 않았다. 나와 동등한 눈높이에서 존중하여 이야기하면서도, 내가 달콤한 격려에 젖어 치료에 대한 의지가 흔들리자 "저는 정상에 대한 범위가 넓은 사람이라서요. 그렇지만 아마 양극성장애가 맞을 거예요"라며 현실을 일깨워주는 단호함도 있었다. 그의 조언으로 예전에 근무했던 병원이 아닌 다른 병원에서 정신과적 진단평가를 받았고, 양극성장애 진단하에 치료를 시작하게 되었다.

명의는
환자에게
달렸다

🌿

    나를 진료했던 의사 중에는 내가 정신과 레지던트였다는 말에 솔직하게 놀람을 표한 사람도 있었다. 그의 의아함 중 하나는 '그 많은 정신과 의사들에 둘러싸여 있었으면서, 그중에 병을 눈치챈 사람이 없었느냐'는 것이었다.

    만약 예전 동료들이 내가 조울병이라는 소식을 듣는다면 "역시 그랬군!" 하고 무릎을 칠지도 모르겠다. 당시 나의 들쭉날쭉했던 기분이나 과소비 성향 등 조울병의 진단 기준에 들어맞는 것들을 떠올리면서 말이다. 결론을 알고 보면 당연한데, 모르는 상태에서 실마리만으로 결론에 이르지 못했던 이유는 첫째는 내가 증상을 숨겼기 때문이고, 둘째는 내가 그들과 함께 일하는 동료 의사였기 때문일 것이다.

나는 당시 내게 병이 있다는 것은 몰랐지만 발병에 대한 걱정은 있었다. 이미 발병한 상태에서 발병에 대한 걱정을 했다는 것이 아이러니하지만 실제로 그랬다. 조울병에 대해 처음 알게 되었을 때부터 나는 혹시 내게 조울병이 나타날까 봐 자신을 안정시키기 위해 천천히 말하는 것을 연습하고 차분해지려고 애썼다. 조울병 환자가 기분이 들떴을 때 두드러진 증상 중 하나는 말을 빨리 하고 많이 하는 것인데, 나는 그런 모습을 보이지 않았던 것이다. 내가 조울병 진단 기준을 몰랐다면 내 증상이 심해졌을 때 자연히 말을 빨리 많이 하는 모습도 나타났겠지만, 나는 진단 기준을 알고 있었고 누군가가 "당신 조울병 아닌가요?" 하고 물을까 봐 겁이 났기 때문에 의식적으로 말을 천천히 차분하게 하려 노력했고, 기분이 들뜬 것 같으면 억누르려고 애썼다. 반대로 우울증으로 가라앉았을 때는 너무 처진 모습을 보이지 않으려 노력했고, 끝없이 암담하게 가라앉는 생각들은 나 혼자만의 시간을 위해 미뤄두었다. 다른 증상들도 타인 앞에서 감출 수 있는 것은 최대한 감추었다.

행실 면에서 섣부른 충동성이나 과대감, 혹은 짜증이나 우울함이 언뜻 드러났을 때, 그것을 의아하게 여긴 사람들은 있었지만 병을 의심하여 면밀히 사정하려 든 사람은 없었다. 몇몇 전문의는 나와 둘이 있는 자리에서 진지하게 요새 괜찮냐고 물어본 적이 있는데, 당시에는 병원 일이 힘들 텐데 견딜 만하냐는 뜻으로 이해했지만, 지금은 그들이 정상을 벗어난 내 상태를 어렴풋이 알아채고 물어본 것이었을 수도 있겠다는 생각이 든다.

나는 괜찮다고 대답했고, 괜찮아 보이기 위해 노력했다. 파도치는 기분을 감추고, 더 꼼꼼하게 일을 처리했다. 재차 괜찮냐고 물어온 사람은 없었다. 그것은 두 번째 이유, 내가 그들의 동료 의사였기 때문일 것이다. 동료에 대한 예의였을 것이고, 만약 이상 증세가 있다 하더라도 의사니까 본인이 조절하거나 치료를 구할 거라는 믿음이지 않았을까 생각한다. 결과적으로 나는 그들의 믿음에 부응하지 못했다. 내게 병이 있다는 것을 알아채지 못했고, 치료하지 못했고, 그 결과 그들에게 많은 실망과 상처를 주었다. 상기할 때마다 깊은 미안함을 느낀다. 언젠가 갚을 수 있기를 바라는 마음이다.

예전 동료들이 나의 병을 알아채지 못했느냐고 물었지만, 그 의사가 쉽게 내 병을 진단할 수 있었던 것은 내가 증상과 가족력, 병의 경과를 숨기지 않고 모두 말했기 때문이다. 환자와 의사의 상호작용은 어느 과에서나 중요하지만, 정신과의 경우 특히 환자에 의존하는 비율이 높다. 정신질환은 피검사에도 엑스레이에도 나오지 않는다. 거의 전적으로 환자와 보호자가 진술하는 증상에 기반하여 진단을 내린다. 필연적으로 환자가 얼마나 솔직하고 정확하게 정보를 제공하는지가 중요해진다.

환자는 어느 정도까지는 증상을 숨길 수 있다. 어떤 것이 병의 증상인지를 잘 알고, 그것을 감추기 위해 노력하는 환자라면 더욱 그렇다. 그러나 밖으로 표현되는 증상을 감추는 것일 뿐 병 자체를 사라지게 하는 것은 아니기 때문에 병이 점점 더 심해져 경고 신호 없이 크게 터져나올 수 있다는 점에서 이는 위험하고 환자 자신에게 해롭기도 하다.

나는 정신과에서야말로 환자가 진심으로 믿고 마음을 터놓을 수 있는 사람이 명의名醫라고 생각한다. 환자가 자신의 증상을 숨김없이 말할 수 있어야 정확한 진단을 내릴 수 있고, 조기에 치료를 시작할 수 있으며, 환자가 의사를 신뢰하고 충분한 기간만큼 적절한 치료를 유지해야만 빨리 병이 나을 수 있기 때문이다.

정신질환의 생물학적 기전이 밝혀지면서 정신질환이 단순히 '마음의 병'이 아니라 뇌의 신경전달물질 균형이 깨져서 나타나는 '몸의 병'이라는 점이 밝혀졌다. 이에 그 불균형을 바로잡는 약의 중요성이 더욱 커졌고, 약물치료에 전적으로 의지하는 의사도 많아졌다. 극히 일부지만 환자를 위해 약을 먹이는 것인지 약을 먹이기 위해 환자를 보는 것인지 헷갈리는 의사도 간혹 본다. 그들은 환자가 약을 제대로 먹지 않으면 환자를 탓한다. 왜 먹지 않으려 하는지 듣고, 왜 먹어야 하는지 알려주는 것은 뒷전이다. 의사가 아는 지식의 상당 부분을 환자는 모른다. 의사도 환자의 몸 상태를 환자만큼 잘 알지 못한다. 비록 치료는 약을 통해 될지언정 환자와 의사의 소통은 약 자체보다 훨씬 중요하다. 나 역시 의사로서 환자를 볼 때는 간과하고 넘어간 것들이 많았다. 환자가 되어 보니 의사로서 나 자신에 대한 부족함이 사무친다. 당시에는 나름대로 잘하고 있다고 생각했지만, 여전히 자신의 병을 직시하지 않고 치료를 받지 않으려 하고 재발하여 다시 병원을 찾는 환자들이 있었음을 생각해볼 때, 분명 좀 더 노력할 수 있는 여지가 있었을 것이다.

'질병이 아닌 환자를 보라.'

정신과에서만큼은 이 금언을 결코 과소평가해서는 안 된다.

마음의
병이 아닌
몸의 병

심리검사를 받으러 대학병원을 두 번째 방문한 날이었다. 우선 수납을 하고 올라오라고 해서 자동수납기 앞에 섰다. 내 키만큼 커다란 터치스크린에 환자등록번호를 누르면서 혹시 진료과 이름이 뜰까 슬며시 걱정이 되었다. 같은 '정신건강의학과' 글자인데, 내 가슴에 치료자 자격으로 붙어 있을 때와 환자등록번호 앞에 붙어 있을 때의 기분이 어쩌면 이렇게 다른지.

그러고 보면 나 역시 정신질환에 대한 편견에서 사실은 자유롭지 못했던 것이다. 내가 병원에 재직하던 시절 환자들에게 되풀이해 말했듯 정신질환 역시 신체의 질병이라고 진심으로 생각하고 있었다면 내 몸에 문제가 생긴 것이 부끄러울 이유가 없다. 내 몸속의 호르몬(신경전달물질) 균형이 깨진 것이 어디 내 탓이던가.

아닌 척했지만 나 역시 마음의 병을 다른 몸의 병과 구분지어 인식하고 있었던 것이다. 솔직히 말하자면, 정신과 환자로서 병원에 가는 것은 매번 망설임을 동반했고 결심이 필요했다. 퇴원하는 환자들에게 외래를 꾸준히 다니라고 강조할 때 환자의 이런 마음을 짐작이나 해본 적이 있었을까. 약속된 날짜마다 병원에 꼬박꼬박 오던 그분들은 나보다 더 건강한 마음을 가지고 있었던 것이다.

제목에서 강조한 바와 같이, 단언컨대 정신질환은 몸의 병이다. 생물학적 연구 및 뇌 MRI, PET 등 첨단영상의학 연구에서 노르에피네프린, 세로토닌 등 신경전달물질 수용체의 변화, 뇌 구조 및 부위별 활성도의 차이 등이 속속 밝혀지고 있다. 뇌를 비롯한 신경계에 이상이 발생하기 때문에 그 지배를 받는 행동 면에서 증상이 나타날 뿐, 정신질환은 기분 조절 미숙이나 자유의지의 결함으로 발생하는 심리적 질환이 아니다. 다른 병과 마찬가지로 정신질환도 신체의 이상 중 일부인데, '정신적으로 건강'한 사람이 인격적으로도 우월한 것처럼 간주하는 것은 잘

못이다.

나도 한때는 '마음의 병'이라는 말을 좋아했지만, 지금은 다소 회의적인 입장이다. 과거 흔히 사용되던 '정신병'이라는 말보다 '마음의 병'이 한결 순화되고 친근하게 느껴지는 것은 사실이지만, '마음의 병'이라 하면 마치 '몸의 병'과는 다른 원인을 가진 별개의 질환처럼 느껴진다. 사실상 몸의 이상으로 일어나는 병의 일환임에도, '마음'이 강조되면서 그 본질이 왜곡된다는 인상을 지울 수 없다.

조울병은 그 직접적인 원인이 확실히 밝혀지지는 않았지만, 우리 몸속 신경계에서 세로토닌과 노르에피네프린 등 신경전달물질의 조절이 제대로 되지 않아 발생하는 병이라고 보는 것이 일반적이다. 따라서 이 물질들의 균형을 맞춰주는 것이 치료가 되고, 가장 빠르고 효과적인 치료는 약물치료다. 상담이나 스트레스 관리 등 비약물적 치료는 직접적으로 병을 치료한다기보다는 발병의 촉매가 되는 외부 스트레스 자극을 줄이고 행동양식을 변화시킨다는 데 의의가 있다.

여느 내과적 질환과 마찬가지로 정신질환 역시 생활습관 개선과 복약을 병행하여 건강을 유지할 수 있다. 생활습관만으로 치료하는 데는 한계가 있고, 약에만 의존해서도 곤란하다. 아직

뇌신경계에 대해 정확히 밝혀진 바가 적어 상대적으로 많은 부작용과 불편이 있는 것은 사실이다. 그러나 의학 발전에 따라 이 부분은 빠르게 개선될 것이다. 정신의학계에서 과거 2000년 간 알았던 것보다 지난 200년간 연구하여 알아낸 업적이 더 많고, 지난 200년간 알아낸 것보다 최근 20년간 밝혀낸 사실이 더 많다. 의학적 발전과 더불어 약에 대한 부정적 인식과 병에 대한 잘못된 지식 역시 빠르게 개선되기를 진심으로 바란다.

약을
꼭 먹어야
할까

🍂

처음으로 정신과 약을 처방받았던 날, 약국에서 약 봉투를 받아들고 나니 낯선 기분이 들었다. '아빌리파이정, 녹색의 장방형 정제'. 내가 숱하게 처방했던 약이지만, 정작 약이 어떻게 생겼는지 주의 깊게 살펴본 적은 없다. 내 이름이 찍힌 약 봉투를 보고 있자니 '정말 환자가 되는구나'라는 이질감이 진하게 몰려왔다.

정신과 약을 복용하는 것이 처음이고 증상도 어느 정도 가라앉은 상태이기 때문에 가장 낮은 용량을 처방받았다. 약은 용량이 높아질수록 부작용도 커지기 때문에 병원에 가기 전에는 약을 최소한으로 처방받기를 바랐으면서도, 막상 그렇게 되고 나니 불쑥 다른 생각이 올라왔다. 이 정도로 괜찮을까? 요 만큼으로도 효과가 있다면 약을 먹지 않고도 내 의지로 조절할 수 있지 않을까?

환자들이 약을 줄여가는 과정에서 조기 중단하는 마음을 알 것 같았다. 입원병동에 근무하던 시절, 간혹 보면 퇴원하고 외래 다니면서 증상이 좋아져서 약을 감량하던 중에 환자가 자의로 복용을 중단하면서 증상이 악화되어 재입원하는 경우가 있었다. 그때는 감량 스케줄 그대로 따라가기만 했어도 계속 잘 지내고 약도 적게 먹을 수 있었을 텐데, 악화되어 치료를 다시 처음부터 시작해야 하는 상황을 보면서 답답하고 안타까웠다. 그 마음을 이렇게 알게 될 줄이야.

병원을 그만두는 대형 사건이 없었더라면 나는 약을 안 먹기로 생각을 바꾸었을지도 모르겠다. 그렇게 얼마간 지내다가 어느 순간 불쑥 충동에 휘둘려 병원을 그만두거나 그에 준하는 사고를 쳤겠지. 결국 시간 문제였을 뿐이고, 내게 중요한 것을 한 번은 잃을 수밖에 없었다는 생각에 이르자 씁쓸한 기분이 들었다. 그제야 약 봉투를 찢고 내 생애 첫 정신과 약을 입에 털어넣었다.

정신과에서 의사와 환자 간 갈등이 가장 첨예한 부분이 약에 대한 것이다. 약을 꾸준히 먹으라는 의사와 약을 안 먹으면 안 되겠냐는 환자 사이의 실랑이는 좀처럼 끝이 나지 않는다. 환자도 지치고 의사도 지치는 일이다.

이 갈등은 근본적으로 의사는 정신질환을 '몸의 병'으로 보고 환자는 '마음의 병'으로 본다는 데 기인한다. 고혈압이나 당뇨를 정신력으로 치료하겠다고 생각하는 환자는 아마 없을 것이다. 혈액의 흐름이나 호르몬 조절이 정신력으로 가능하지 않다는 점은 모두가 알고 있기 때문이다.

정신질환은 다를까? 정신질환도 마찬가지로 뇌 속에 신경전달물질이라는 일종의 호르몬 균형이 깨져서 나타나는 '몸의 병'이다. 신경전달물질이 너무 과하게 생성되거나 적게 생성되거나, 혹은 신경세포가 이 신경전달물질에 과하게 반응하거나 둔하게 반응하거나. 이런 것은 뇌 속에서 일어나는 일이기는 하지만 심리적 문제가 아닌 생물학적 문제이기에 정신력으로 조절할 수는 없다. 그래서 의사는 신경전달물질의 불균형을 바로잡아 줄 약을 복용하라고 권유하는 것이다.

정신과적 투약이 환자의 반감을 사는 또 한 가지 이유는 투약의 지속성 때문이다. 증상이 가라앉아도 의사는 약을 계속 먹으라고 하고, 환자는 다 나았으니 약을 끊겠다고 한다. 이것 역시 병에 대한 근본적인 시각 차이가 원인이다.

폐렴이나 상처 같은 병균 침투성 질환에서는 약이 세균을 없애서 증상을 호전시킨다. 그러므로 증상이 사라지고 균이 뿌리 뽑히면 약을 그만 먹어도 된다.

그러나 고혈압, 당뇨, 정신질환 등 우리 몸의 '항상성'에 관련된 질환은 안타깝게도 일정 기간 약을 먹는다고 해서 원인이 제거되는 것이 아니다. 잡아 죽일 '균'이 없기 때문이다. 이때의 약은 평형을 잃은 부분을 보완해주는 역할을 한다. 부족한 것은 채워 넣고 남는 것은 제거해서 정상 수준으로 균형을 맞춰준다. 조기에 약을 끊으면 다시 불균형이 생기고 병의 증상이 발생한다. 의사가 지속적인 투약을 권하는 가장 큰 이유는 이처럼 다시 균형이 무너지면서 병이 재발하는 것을 방지하기 위해서다.

눈이 나빠서 안경을 쓰는 경우와 비슷하다. 이미 한번 나빠진 시력이 안경을 몇 개월 쓴다고 해서 다시 정상으로 돌아오지는 않는다. 안경을 쓰는 동안에는 사물이 잘 보이지만, 안경을 벗으면 다시 사물이 흐릿하고 잘 안 보이게 된다. 사물을 또렷하게 보기 위해서는 안경을 계속 써야 한다. 안경의 목적은 나빠진 시력을 보완하여 잘 보게 해주는 것이지, 시력을 치료하는 것이 아니다. 고혈압약, 당뇨약, 정신과 약도 이처럼 증상을 완화시키는 약이지, 원인을 제거해주는 약이 아니다. 원인을 뿌리 뽑고 완치시키는 약이라면 참 좋겠지만, 현재로서는 보완재의 역할을 할 뿐이다. 그래서 병의 증상이 없는 양호한 상태를 유지하기 위해서는, 안경을 늘 쓰듯 약을 꾸준히 먹어야 한다.

안경을 계속 쓰는 것에는 큰 거부감이 없지만 약을 계속 먹는 것에는 거부감이 드는 이유는 무엇일까. 아무래도 약이 우리 몸속으로 흡수되는 화학물질이라는 점이 가장 큰 이유일 것 같다. 나는 약이 내 몸의 건강을 유지시켜주는 일종의 비타민제나 마찬가지라고 생각한다. 비타민제는 부작용이 없지 않느냐고? 없을 리가. 약이 비타민제보다 부작용이 클 것 같다고? 아마도 그럴 것이다. 하지만 비타민제보다 약이 효과가 크고 정확하다는 점도 무시해서는 안 된다. 그리고 요즘 약은 많은 부작용이 상당히 개선되었으므로 과거 정신과 약에 대한 편견으로 지레 겁을 먹을 필요는 없다. 장기간 복용하면 몸이 적응하면서 효과는 안정되고 부작용은 경감된다는 점도 기억해두자.

약은
언제까지
먹어야 할까

🌺

약은 언제까지 먹어야 하는지 많이들 궁금해한다. 답은 '충분한 기간 동안'이다. 과거 삽화가 일어난 수와 증상이 심한 정도에 따라 복약 기간은 수개월에서 수년까지 다양하다. 많은 경우 병이 심하게 악화되어서야 병원을 찾기 때문에 몸의 항상성이 무너져 수년에서 평생까지도 약을 복용하게 된다. 그러나 조기에 병을 알아채고 치료를 시작했을 경우 일정 기간 약을 복용한 뒤 차차 줄여 중단하는 것도 가능하다. 이런 경우에도 수개월 이상은 약을 꾸준히 복용해야 한다. 신경전달물질의 불균형을 바로잡고 반응성을 조절하기 위해서는 시간과 인내심이 필요하다.

불균형을 바로잡는다, 반응성을 조절한다와 같은 말이 추상적으로 느껴진다면, 일종의 길이라고 생각해보자. 뇌 속에 신경전달물질들이 다니는 길이 있고, 조울병 환자의 길은 폭발하기 쉬운 방향으로 나 있는 상태다. 신경전달물질들이 갑자기 우르르 몰려와서 길을 다 헤집고 난장판을 만들기도 하고, 잘못된 길을 타고 가서 파괴적 결과를 불러오기도 한다.

난장판이 된 길을 재건하여 잘못된 곳으로 흘러가지 않도록 벽을 쌓고 신경전달물질이 늘 안정적인 양으로 흐르도록 신호등도 설치하는 데는 시간이 소요된다. 차근차근 터를 닦고 여러 번 다져서 제대로 된 길을 탄탄하게 만들어가야 한다.

약은 길이 완성될 때까지 임시 바리케이드 역할을 한다. 새로운 길이 완성될 때까지 강제적으로 방향을 잡아주는 것이다. 그런데 약을 먹다 보면 이미 길이 완성되었다고 착각하기 쉽다. 예전에 비해 감정도 많이 안정되었고 크게 기복을 타지 않는다. 혹은 예전 조증일 때 활력 넘치던 기분과 비교해서 약 먹는 상태에서는 기운이 없고 재미가 없다고 느껴서 일부러 약을 끊는 경우도 있다.

아직 길이 완성되지 않은 상태에서 바리케이드를 치워버리면, 신경전달물질들은 예전에 가던 그 길로 다시 와르르 몰려간다. 신경전달물질의 폭주에, 아직 완성되지 않은 벽과 만들고 있던 길은 순식간에 허물어진다. 무너진 잔해를 치우고 길을 다시 놓는 데는 더 오랜 시간이 걸린다. 삽화가 반복될수록 치료가 잘되지 않고 더 오랜 기간 약을 먹어야 하는 것은 이런 이유 때문이다. 길이 무너지고 신경전달물질이 폭주하는 일이 반복되면 재건하는 것은 점점 더 어려워진다. 새로 만들던 길이 무너질 뿐만 아니라 잘못된 길이 자꾸만 더 튼튼하게 다져지기 때문이다. 심하면 약을 평생 먹어야 할 수도 있다.

증상이 확 일어났을 때 이를 빠르게 가라앉히는 치료를 급성기 치료라 하고, 병의 급성기가 지나간 뒤 꾸준한 복약으로 안정된 상태를 유지하고 재발을 방지하는 치료를 유지 치료라고 한다. 급성기 치료는 일단 바리케이드를 세워 길을 막는 것, 유지 치료는 새 길을 만들어 개통하는 것에 비유할 수 있다. 급성기 치료라 해도 정신과 약은 뇌라는 섬세한 기관에 작용하기 때문에 효과가 나타나는 데만도 평균 4~6주가 걸린다. 일부 약은 1~2주 만에 빠르게 증상을 호전시키기도 하지만, 이 경우에도 약의 충분한 효과를 확인하기 위해서는 4~6주가량 치료를 지속하면서 지켜보아야 한다. 유지 치료 기간은 조증삽화가 단 한 번 있었던 경우 1년 이상, 우울삽화가 있었던 경우 최소 6개월 이상이다. 삽화가 여러 번 있었다면 치료를 지속해야 하는 기간도 2~3년에서 평생까지로 길어질뿐더러 재발 위험도 높다. 즉, 일찍 치료를 시작하고 충분한 기간만큼 약물치료를 유지하는 것이 역설적으로 가장 빨리 약과 작별할 수 있는 지름길이다.

약을 먹는 기간 동안에는 내 몸에서 새로운 건강한 길을 만들고 있다고 상상하고, 충분한 건축 기간을 주자. 성급한 부실 공사는 결과가 좋지 않다는 것을 현실에서도 여러 차례 경험하지 않는가.

조울병 약의 종류

조울병에서 약은 뇌 속 신경전달물질 체계에 작용하여 기분의 진폭을 낮춰주고 충동을 조절해주는 역할을 한다. 약마다 뚜렷한 역할이 구분되어 정해져 있는 것이 아니고, 상당수의 약이 조현병이나 우울증 등 다른 정신질환에 함께 쓰이기 때문에 혼란스러울 수 있다.

한 가지 약이 여러 가지 기능을 가지고 있다고 이해하면 편하다. 예를 들어 항정신병약으로 분류되는 쿠에티아핀(상품명: 쎄로켈, 쿠에타핀 등)은 기분조절제이기도 한데, 조현병의 망상과 환청을 감소시키고, 조울병의 조증이나 우울증을 가라앉히고, 수면을 돕는 기능도 있다. 쿠에티아핀뿐만 아니라 올란자핀(상품명: 자이프렉사 등), 아리피프라졸(상품명: 아빌리파이 등)과 같은 많은 약들이 처음에는 조현병을 치료하기 위한 항정신병약으로 개발되었으나 기분 조절에도 효능이 있어 조울병의 치료에도 많이 쓰인다. 비슷한 경우로, 항경련제로 쓰였던 발프로에이트(상품명: 데파코트, 데파킨 등)가 조울병에 효과가 입증되어 기분조절제 카테고리에도 포함시키는 것을 들 수 있다.

조울병에 사용되는 주요 약은 기분조절제와 항정신병약이다. 예전에는 리튬 등 기분조절제를 주로 썼는데, 항정신병약의 기분조절 효과가 기분조절제에 뒤지지 않는다는 사실이 알려지면서 최근에는 항정신병약만으로 조울병을 치료하기도 한다. 증상이 가벼울 때는 한 가지만 선택해서 사용할 수 있지만, 기분조절제와 항정신병약을 함께 사용하는 경우도 흔하다. 항우울제는 조울병 환자의 우울증에서는 자칫 조증을 유발할 수 있기 때문에 단독으로는 잘 사용하지 않고, 대개 기분조절제나 항정신병약과 같이 처방한다. 수면을 돕거나 불안을 가라앉히기 위해 항불안제도 보조적으로 사용한다.

약의 분류는 목적에 따라 묶은 것이므로 서로 겹치는 부분이 있다. 즉, 여러 가지 기능을 하는 약은 여러 카테고리에 동시에 포함될 수 있다. 조울병에 사용되는 비정형 항정신병약을 기분조절제에 포함시키기도 한다.

1) 기분조절제

기분이 너무 뜨거나 가라앉지 않도록 안정시키는 역할을 한다. 증상이 안정된 후에도 재발을 방지하기 위해 꾸준히 복용한다.
대표적인 약물로 리튬, 발프로에이트, 카바마제핀 등이 있다.

2) 항정신병약

환각이나 망상에 효과가 있어 조현병에 쓰이는 항정신병약으로 미국 식품의약국(FDA)의 1차 승인을 받았으나, 조울병 치료에도 효과가 있음이 입증되어 조울병 치료에도 널리 사용된다. 조울병에 사용되는 항정신병약은 주로 2세대 항정신병약(비정형 항정신병약)으로 아리피프라졸, 올란자핀, 쿠에티아핀 등이 있다.

3) 항우울제

조울병의 우울증에서 항우울제를 사용하는 것에는 논란이 있다. 항우울제가 자칫 조증을 유발할 수 있기 때문에 항우울제 단독으로는 잘 쓰지 않고, 항우울제가 필요할 경우 대개 기분조절제나 항정신병약에 병합하여 쓴다. 미르타자핀, 부프로피온, 에스시탈로프람 등이 있다.

4) 항불안제

조울병 환자의 수면을 돕고 불안정한 기분을 가라앉히기 위해 흔히 함께 사용한다. 로라제팜, 알프라졸람, 클로나제팜 등이 있다.

이상의 다양한 선택지 중에서 환자의 상태에 따라 부수적으로 필요한 효과나 피해야 할 부작용 등을 고려하여 환자에게 맞는 약을 처방하게 된다. 환자가 병을 앓은 기간이나 증상 정도를 고려하여 여러 가지 약을 함께 쓰는 경우가 흔하다.

약의 효과와 부작용은 몇 주에 걸쳐 나타나므로 환자도 주치의도 적응 기간의 몸 상태에 관심을 가지고 잘 살펴야 한다. 처음 몇 주간 부작용이 나타났다가 몸이 적응되면서 가라앉는 경우도 많기 때문에 차근차근 몸과 약을 맞춰가는 시간이 필요하다.

마지막
우울의
고비

병식이 생기면서 조증은 빠르게 가라앉았지만, 약의 효과가 나타나기까지 끔찍한 우울과 무기력의 시기가 찾아왔다. 대부분의 정신과 약은 약효를 보이기까지 최소 1주, 제대로 효과를 발휘하는 것은 평균 4~6주로 본다. 그 사이가 나에게는 생애 최악의 우울기였다.

하루의 대부분을 멍하니 누워 있거나 의미 없는 인터넷 서핑을 하면서 보냈고, 지루하다는 생각조차도 들지 않았다. 배고픈 줄도 몰랐고 먹고 싶다는 생각도 들지 않아, 원래 마른 체형임에도 2주 만에 체중이 4kg 이상 빠졌다.

집중력은 극도로 떨어졌다. 그렇게 책을 좋아했는데 책 한 권을 끝까지 읽기가 힘들었다. 읽는 중간중간에도 다른 생각이 끼어들어, 딴생각하고 있다는 것을 알아차렸을 때는 이미 책 내용은 이만큼 건너와 있고, 방금 읽은 문장도 꼭 새로 보는 것 같았다. 이건 집중력 문제가 아니라 지능이 떨어진 게 아닌가 의심스러울 정도였다.

바쁘게 돌아가는 낮 세상을 보고 있자면 '나는 지금 뭘 하고 있는 거지' 하는 생각이 들면서 쓸모없는 자신을 자책하게 되었다. 나를 부양하고 있는 남편에게 미안했고, 여성도 경제적으로 독립해야 한다고 당당하게 주장하며 남편에게 기대는 아내들을 비판했던 자신이 이렇게 무책임하게 집 안에 틀어박혀 있는 것을 이해할 수 없고 인정할 수 없었다. 보통 자신에 대한 인지부조화가 발생하면 자기합리화를 통해 심리적 괴로움을 극복하려는 본능이 발동하기 마련인데, 극심한 우울의 시기에는 자기합리화마저 할 의욕이 없다는 것을 알게 되었다. 내 안에서 이상적인 나와 현실의 나는 계속 충돌했고 마음은 끝없이 부서졌다.

사는 게 지겹고 죽으면 좋겠다는 생각은 늘 기저에 깔려 있었지만 자살에 대한 생각은 오히려 줄었다. 너무나 무기력해서 '행동'에 대한 생각이 없기 때문이다. 뭔가를 하고 싶다는 생각 자체가 없으니 죽고 싶은 생각도 들지 않는다. 극도의 우울 상태보다 약간 회복되어 의욕을 찾기 시작할 때 자살 위험은 오히려 높아진다는 것이 정신의학계의 정설인데, 정말 그렇겠구나 하고 무기력하게 감탄했다.

다행히 약이 차츰 그 효과를 발휘하면서, 바닥을 쳤던 기분은 조금씩 회복되었다. 죽음에 대한 생각이 아주 없어진 것은 아니었지만, 늘 내 곁에 있는 것처럼 여기지는 않게 되었다. 약을 먹는다고 사람이 아예 바뀌는 것은 아니다. 그렇지만 문득 문득 '아, 내가 예전보다 죽음에 대해 자주 생각하지 않게 되었구나' 하고 느낄 때가 있다. 잔존하는 우울 속에서도, 삶이 조금은 편안해진 느낌이었다.

약에 대한
거부에서
인정으로

솔직히 말하자면 나 역시 처음 약을 먹을 때 거부감이 들었고, 투약 중에도 여러 번 '약을 끊어도 괜찮지 않을까' 고민했다. 약 부작용이 있지 않을까 하는 현실적인 우려도 있었지만, 심리적으로는 약을 먹는다(당시의 기분으로는 약에 의존한다)는 것이 내가 스스로를 통제할 수 있다는 자신감에 상처가 되었던 것이다.

어릴 때부터 의지력이 강한 아이라는 말을 듣고 자랐고, 웬만한 사람들이 포기하는 일을 끝까지 해낸 적도 여러 번 있었다. 그런데 고작 '내 기분을 조절하지 못해서' 약을 먹어야 하다니. 크게 자존심이 상하는 일이 아닐 수 없었다. 나는 그때까지도 자신을 잘 조절해왔다고 믿었다. 만약 6년의 꿈을 하룻저녁에 박살내버린 초유의 사태가 아니었더라면 나는 여전히 자신을 잘 통제하고 있다고 믿고 있었을 것이다.

스스로에 대한 자신감이 나쁘다는 이야기가 아니다. 다만 증상이 악화되면 자신감의 기반이 현실에서 이탈할 수 있다는 점이 문제가 된다.

쉽게 말해 기분 기복의 정상 범위가 −10에서 +10까지라고 치자. 본인은 항상 그 범위 내에서 스스로 조절하고 있다고 생각하고, 지금 내 상태는 +10 정도라고 여긴다. 그러나 어느새 내 기분의 기준점 자체가 +10으로 들떠버렸다면? 자신은 현재 상태가 +10이라고 생각하지만 객관적으로 보기에는 +20 상태가 되는 것이다. 병의 증상이 심해질수록 대개 이 기준점의 움직임을 인지하지 못하는데, 이것을 '병식 결여(병에 대한 인식이 결여됨, 자신에게 병이 있다는 것을 인식하지 못함)'라고 한다.

치료자나 가족이 환자와 대화하다 보면, 누가 봐도 이상한 행동을 했는데 환자 본인은 "그것이 뭐가 이상하냐"고 반문해서 말문이 막히는 경우가 있다. 치료 후 병식이 회복되면 그때는 본인도 당시 행동이 이상했다는 것을 깨닫고 인정한다.

나 역시 기준점이 흔들린 상태에 있었지만, 당시에는 그것을 인지하지 못했다. 화를 내거나 기분이 들뜨거나 혹은 우울한 것 모두 정상 범위 안에 있다고 생각했다. 그렇지만 객관적으로 도저히 이해할 수 없는 일을 저질렀기 때문에 나 자신이 겁이 나기 시작했던 것이다.

정신과 전문의를 포기한다는 것은 단 한 번도 생각해보지 않았던 일이었다. 그렇다면 다음에도 어느 한순간, 단 한 번도 상상해보지 않았던 또 다른 파탄을 불러일으킬 수도 있다는 사실에 덜컥 겁이 났다. 스스로에 대한 통제력을 잃었다는 것을 마지못해 인정하면서 처음에는 무력한 기분으로 복약을 시작했다.

약을 먹으면서도 '나는 지금 괜찮은 것 같은데, 약을 꼭 먹어야 할까' 하는 생각을 이삼 일에 한 번씩은 했던 것 같다. 그 생각을 안 하게 된 것은 내가 실제로 전과 달라졌다는 것을 다른 사람의 입을 통해서 듣고 나 자신도 느낄 수 있게 되었기 때문이다. 가장 놀라워한 것은 남편이었다. 사소한 갈등이나 다툼이 있을 때 행동이 예전과 완전히 달라졌다고 했다. 예전에는 일순간 사람이 확 바뀌는 것처럼 불같이 화를 내고, 왜 그 정도의 일에 이렇게까지 화를 내는지 이해되지 않을 정도로 격렬하게 분노를 표출했는데 지금은 그렇지 않다고 했다. 그 말을 듣고 나 역시 놀람을 감출 수 없었다. 나는 예전의 내가 그렇게까지 이상한 행동을 한 줄을 몰랐다. 다른 사람들과 비슷한 정도로 화를 내고, 화를 낼 만하니까 화를 낸다고 생각했다. 내가 나를 적절하게 통제하고 있는 줄 알았는데 그야말로 착각이었던 것이다.

가만히 생각해보면 내가 너무나 화가 나기 때문에 억지로 그 이유를 만들어 갖다 붙인 때도 적지 않았다. 그동안 나 스스로도 내 행동이 이상하고 사리에 맞지 않는다고 여겼던 일들이 조금씩 이해되기 시작했다. 약물치료는 내 안에 폭발하는 노르에피네프린(경계, 각성, 흥분, 공격 등의 행동에 관여하는 신경전달물질이자 호르몬)을 다스리고, 나의 건강과 소중한 관계를 지켜주는 데 도움이 되었다. 그전에는 감정이 치솟으면 순식간에 머릿속을 점령한 통제되지 않는 감정의 파도에 내가 휩쓸리는 기분이었지만, 약을 복용하고 나서는 화가 나더라도 머릿속에서 폭발하는 듯한 기분이 들지 않았고 내가 내 감정의 주도권을 쥐고 있다고 느꼈다.

처음 약을 복용할 때는 약에 의존하게 되고 스스로에 대한 자신감을 잃게 될까 봐 겁이 났지만, 약으로 내 안의 넘치는 감정이 조절되니 오히려 내가 나의 몸 상태를 잘 알고 적절한 수

단을 활용하여 예전과 다르게 상황에 일맞게 대처하고 있다는 새로운 자신감이 생겼다. 서서히 약을 동반자로 인정하기 시작한 것이다.

약의
효과에
대하여

예전에 진료했던 환자들이나 나 자신의 경험을 보아도, 정신
과 약이라는 것이 무슨 마법의 약처럼 들뜬 기분을 차분하게
만들어주거나 우울한 기분을 행복하게 만들어주는 것은 아니
다. 약을 먹는다고 곧바로 이상적인 기분 상태로 넘어간다면 그
건 그것대로 좀 무서울 것 같다. 약은 기분의 진폭을 좁히는 데
어느 정도 도움을 줄 뿐이다. 약에 대한 기대가 크기 때문에 먹
기 전에는 결심하기가 어렵고 먹은 후에는 실망하고 끊게 되는
일이 빈번한데, 솔직하게 터놓고 이야기하자면 나의 직간접 경
험상으로는 그랬다.

기분을 완벽히 조절해준다기보다는, 극단을 예방해준다는

것이 더 중요한 약의 효용이라고 생각한다. 우울증 약을 먹으면 우울한 기분이 싹 가시지는 않지만 자살 생각이 줄어드는 데 상당한 효과가 있다. 극단적으로 우울한 기분도 어느 정도 개선되는 것을 기대할 수 있다. 조증에 처방하는 기분조절제는 조증의 욱하는 성질과 갑작스러운 폭주를 막아주는 역할을 한다.

사실 처음 복약을 결심했을 때 나는 마음이 잔잔한 호수처럼 가라앉기를 기대했다. 이렇게 불안정한 내가 어떤 일에도 마음이 크게 흔들리지 않고 평화로울 수 있다면 얼마나 좋을까? 약을 먹으면, 불안한 일이 생겨도 상대방에게 언짢은 일이 있어도 선선하고 너그럽게 웃어넘길 수 있을까?

그렇지 않았다. 상황에 따라 마음이 힘들 때도 화가 날 때도 있었고, 기쁠 때도 신날 때도 있었다. 처음에는 약을 먹고 있는데도 증상이 안정되지 않은 것 같아 불안했다. 그렇지만 하루하루 지내다 보니 내 기분의 진폭이 작아지고 예리함이 줄어들었다는 것을 차차 알게 되었다. 언제부터인지 죽음에 대한 생각도 덜 하게 되었고, 사소한 일에 폭발적으로 반응하는 일도 거의 없어졌다. 소위 '정상적인' 수준의 감정 안에서 행동하게 된 것이다.

조울병 환자도 남들과 똑같이 웃고 우는 감정이 있는 사람이

다. 그런데 한번 조울병을 진단받고 나면, 조금만 감정이 올라가
거나 내려가도 본인도 가족도 불안해한다. 그 불안한 마음이 감
정의 폭을 키우기도 한다. 사실은 남들과 똑같이 기뻐했을 뿐
인데, 남들과 똑같이 좀 울적했을 뿐인데, 그것이 증상의 재발
로 치부되기도 한다. 일종의 과잉 진단을 하게 되는 것이다. 약
을 먹어도 감정은 살아 있다. 감정이 죽어버린다면 오히려 문제
다. 기쁠 때 기뻐하고 슬플 때 슬퍼하는 것은 조울병이 아니다.
주위의 다른 '평범한' 사람들도 완벽하게 감정을 조절하고 살지
않는다. 환자도 가족도 주변 사람들도, 색안경을 벗고 객관적으
로 환자의 현재 감정을 볼 수 있어야 한다.

　기분조절제라고 해서 기분을 특정 위치에 고정시켜주는 마
법의 약이 아니다. 기분은 파도처럼 언제든지 움직일 수 있고,
약은 기분의 극단을 막아주는 최전선의 방파제와 같은 역할을
한다. 그러니 약에 대해 너무 큰 두려움도 너무 큰 기대도 가질
필요가 없다. 나는 나고, 약은 나를 도와준다. 그렇게 함께 가는
것이다.

약의
부작용에
대하여

ꕥ

약 부작용은 가장 현실적인 걱정거리이면서 주된 투약 중단 이유 중 하나다. 흔한 부작용으로는 졸림, 변비, 체중 증가 등이 있다. 대부분의 정신과 약은 2~6주 후에 효과가 나타나기 때문에 효과보다 부작용을 먼저 경험하게 된다. 그러면 잘못된 약을 먹고 있는 것 같은 생각이 들고, 약을 바꾸거나 끊고 싶어진다. 이 시기를 잘 넘겨야 한다.

다음 장의 사진은 농담 같지만, 실제로 가장 널리 쓰이는 정신과 약 처방 교과서의 한 페이지다. 사실 대부분의 부작용에 대한 첫 번째 지침은 '기다리는' 것이다. 부작용이 나타나더라도 일단 그대로 약을 먹으면서 몸이 약에 적응할 때까지 지켜보자

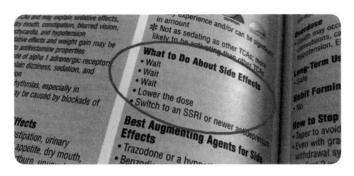

부작용에 대한 대처
•기다리라 •기다리라 •기다리라 •용량을 낮추라 •약을 바꾸라

는 것이다. "적응되면 괜찮아질 거예요. 기다려보세요"는 의사가 대충 둘러대는 말이 아닌, 아주 교과서적인 답변인 것이다.

　정신과 약을 처방할 때는 단번에 본격적인 용량을 쓰기보다, 부작용을 우려하여 최소 용량에서부터 천천히 늘려가는 방식을 선호한다. 그럼에도 언젠가 부작용을 맞닥뜨리는 때가 온다. 약을 처음 쓰기 시작할 때나 용량을 늘린 직후 부작용이 발생하기 쉽다. 환자 입장에서는 당장이라도 약을 줄이거나 끊고 싶지만, 의사 입장에서는 약 용량을 올려가는 이유가 있는 법이다. 정신과 약은 효과는 늦고 부작용은 빠르다. 즉, 아직 효과를 충분히 보지 못했는데 부작용이 발생하는 경우가 흔하다. 그래서 부작용이 발생했다고 무작정 약을 줄이거나 끊을 수는 없다. 시간이 필요하다.

　나는 약을 증량하고 나서 안절부절못하는 부작용이 생겼는데, 심하지는 않았지만 상당히 고생스러웠다. 몸이 근질근질한 것 같은 느낌이 미세하게 지속되어, 나도 모르게 자세를 계속 바꾸고 주먹을 쥐었다 폈다 하기도 하고 가만히 앉아 있지 못하고 엉덩이를 자꾸 들썩거렸다. 하루는 머리를 하러 미용실에 갔는데, 헤어롤을 감고 가만히 앉아 기다리는 그 시간이 너무나 견디기 힘들었다. 남들 몰래 손가락을 꼼지락거리고 발판에 발을 올렸다 내렸다 하고 입가를 긁적거리기도 하면서 시간이 가기만을 기다렸다. 그때만큼 머리 하는 시간이 길게 느껴진 적이 없었다. 당장이라도 약을 줄이거나 끊고 싶었지만, 시간이 지나면 부작용이 완화된다는 지식은 있었기에 내 몸에 적용해본다 생각하고 이겨냈다.

　부작용을 겪을 때 대처하는 방법 몇 가지를 소개한다.

　첫째, 부작용을 감소시키는 약을 함께 복용하면서 약의 효과 및 부작용이 안정되기를 기다린다. 부작용이 일상생활에 방해가 된다면 나의 인내심을 시험하기보다 주치의와 상의하여 부작용을 해소하는 약을 추가로 처방받는 것이 낫다. 일부 부작용은 약 한 알 추가하는 것만으로도 드라마틱하게 좋아진다. 추가되는 약은 정신과 약일 수도 있고 아닐 수도 있다. 약에 대해 궁금하다면 주치의에게 언제든지 물어보자.

둘째, 약을 추가하는 것이 내키지 않는다면 기간을 정해두고 부작용을 견뎌볼 수 있다(단, 드물게 치명적인 부작용도 있으니 부작용이 발생하면 일단 주치의에게 알려야 한다). 대부분의 부작용은 시간이 지나면 완화된다. 변화를 체감할 수 있는 기간은 2~3주 정도면 적당할 것이다. 이 기간을 좀 더 수월하게 보내기 위해 몇 가지 방법을 동원할 수 있다. 일부 부작용은 복용 시간을 바꾸는 것만으로도 어느 정도 해소된다. 예를 들어 졸림 부작용이 있는 약은 아침보다 잠들기 전에 먹으면 주간 활동에 영향을 덜 미치고 수면에도 도움이 되어 좋다. 메스꺼움이 있는 일부 약은 공복 시보다 식사와 함께 먹을 때 메스꺼움이 덜하다. 변비나 무기력 같은 부작용이 있으면 식습관을 개선하고 운동을 병행하는 것이 도움이 된다. 이처럼 몸에 부담을 주지 않는 여러 방법들을 활용하면서 부작용이 완화되기를 기다려볼 수 있다.

셋째, 약을 줄이거나 교체하는 것을 주치의와 상의한다. 약을 증량했는데 효과는 별반 차이가 없고 부작용만 심해졌다면 약을 다시 감량해야 하겠지만, 효과가 발휘될 수 있는 충분한 시간을 주었는지, 현재 복용하는 약의 잠재 효과를 최대로 얻고 있는지 등 고려해야 할 요소가 많이 있으므로 자의로 약을 줄이거나 끊는 것은 바람직하지 않다. 약이 맞지 않는다는 생각이 들면 약을 바꾸고 싶겠지만 바꾼 약에서 부작용이 나타나지 않으리라는 보장도 없다. 치명적인 부작용이 아니라면, 약을 줄이거나 바꾸는 것은 마지막 방법이다.

'모든 약은 독'이라는 말이 있다. 약은 좋은 세포와 나쁜 세포를 구별하여 작용하는 것이 아니다. 다만 세포의 특정 기능을 억제하거나 촉진할 뿐이다. 그래서 기능이 비슷한 세포들이 함께 반응하는데, 이것이 몸에 좋은 방향이면 약의 효과가 되고 몸에 불리한 방향이면 부작용이 되기에 나온 말이다.

우리 몸에는 수십조 개의 세포가 있다. 기능도 종류도 수만 가지에 이른다. 이중 단 한 가지만을 정확하게 명중시키는 약은 아직까지 없다. 약의 효과가 있으면 부작용이 있다. 약의 부작용은 불가피하고 어느 정도는 감내해야 한다고 너그럽게 마음 먹는 것이 낫다(좋은 소식은 대부분의 부작용은 시간이 가면 괜찮아진다는 것이다).

심리학에 '닻 효과anchoring effect'라는 것이 있다. 우리는 현재 상태를 모종의 기준(처음 닻을 내린 곳)에 비추어 판단한다는 것이다. 닻이 어디에 내려져 있느냐에 따라서, 똑같은 상황이 행복할 수도 불행할 수도 있다. 약을 먹지 않아 부작용이 전혀 없었을 때를 기준으로 놓으면 작은 부작용도 무척 불편하게 느껴지고 약을 불신하게 될 것이다. 이왕 약을 먹기로 결심했다면 기준을 다소 조정해서 편안해지는 편이 낫다. 나에게는 우울증으로 약을 먹었던 지인의 이야기가 큰 도움이 되었다. 그는 약의 부작용으로 시력 저하가 왔는데, 너무 속상해서 여행 중 공항에서 엉엉 운 적도 있다고 했다. 그 말이 나의 닻이 되었다. 그 후에 약간의 부작용이 와도 나는 '그 정도까지는 아니니까' 하고 꾸준히 앞으로 나아갈 수 있었다. 자신의 경험을 솔직하게 나누어준 그에게 진심으로 감사한다. 이렇게 나의 병을 공개할 용기를 낼 수 있었던 것도 상당 부분 그의 덕분이다.

약은 효과를 위해 먹는 것이지, 부작용 때문에 먹는 것이 아니다. 당연한 말인데, 내 몸이 불편하게 되면 금세 잊는 말이기도 하다. 한편으로 정신과적 질환은 환자 스스로 병을 제대로 인지하지 못하는 경우도 많기 때문에 치료의 필요성이나 약의 효과에 대한 실감이 부족한 면도 있다. 그래서 주치의와 가족을 비롯한 주위 사람들에게 자신의 몸 상태에 대한 의견을 구하고 약의 효과를 확인하는 것이 치료에 중요하다. 예전의 나는 어땠는지, 현재의 나는 어떤지, 내가 신뢰할 수 있고 충고를 받아들일 수 있는 사람과 솔직하게 이야기를 나누어보는 것이 좋다. 그렇게 치료를 계속해가다 보면 스스로도 자신의 과거 증상이 어땠는지, 왜 치료를 해야 하는지 깨닫는 단계가 온다. 병식이 생기는 것이다.

나는 병식을 갖춘 많은 조울병 환자들을 알고 있다. 이분들은 자신의 상태를 알고 적절한 치료를 유지하면서 다른 사람들과 좋은 관계를 맺고 활발하게 사회적 활동을 하고 있다. 약에 대한 약간의 부작용이 있어도 효과가 더 크다는 것을 알기 때문에, 생활습관을 건강하게 바꾸고 주치의와 터놓고 상의하여 부작용을 최소화하고 치료를 삶의 일부로 편안하게 받아들인다. 약을 먹는 목적은 내가 원하는 삶을 살기 위한 것이고, 부작용은 그것을 위해 감내하는 작은 불편이라 생각하고 약의 부작용에 너무 휘둘리지 않기를 바란다.

약의 흔한 부작용

많은 약에 공통적으로 변비, 메스꺼움, 졸림, 피로감 등의 부작용이 있다. 이러한 부작용은 대개 1~2주 지나면서 호전되기 시작하는데, 호전이 없을 경우 일시적으로 부작용에 대한 약을 추가하기도 한다. 변비와 같은 소화기 계통 부작용을 줄이는 데는 양호한 식습관과 규칙적인 운동이 도움이 된다.

아래는 조울병에 사용되는 주요 약물(성분명 가나다순)의 흔한 부작용이다. 약에 대한 부작용은 사람마다 다르고, 용량과 치료 기간에 따라서도 다르다. 또한 아래 기술하지 않은, 드물지만 중요한 부작용들도 존재하니, 약의 부작용에 대해서는 주치의와 수시로 상의하며 대처해나가는 것이 좋다.

라모트리진lamotrigine
- 상품명: 라믹탈, 라모스탈, 라미아트 등
- 분류: 기분조절제, 항경련제
- 부작용: 졸림, 시야 흐림, 어지럼, 메스꺼움 등이 발생할 수 있으나, 대개 정도가 심하지 않다. 약 10%에서 피부 발진이 생길 수 있는데, 이때는 즉시 의사와 상의해야 한다.

로라제팜lorazepam
- 상품명: 아티반, 로라반, 스리반 등

– 분류: 항불안제, 항경련제
– 부작용: 졸림, 피로, 어지럼 등. 주간 졸림이 심하면 밤에 복용하는 것이 좋다. 자기 전 복용하면 수면을 돕는다. 로라제팜 복용 중에 술은 삼가야 한다.

리스페리돈risperidone
– 상품명: 리스페달, 콘스타(주사제), 리페리돈 등
– 분류: 항정신병약, 기분조절제
– 부작용: 체중 증가, 졸림, 좌불안석, 생리불순, 발기부전 등. 좌불안석은 생활에 불편하고 수면에도 방해가 되므로 의사와 상의하여 조치를 받도록 한다. 생리불순과 발기부전이 발생하면 프로락틴 호르몬 수치에 대한 피검사가 필요할 수 있다.

리튬lithium
– 상품명: 탄산리튬, 리단 등
– 분류: 기분조절제
– 부작용: 체중 증가, 손 떨림, 메스꺼움, 졸림, 다음/다뇨증 등. 혈중 농도가 너무 높으면 독성이 발생할 수 있으므로, 약을 일정 용량 이상 복용할 때는 정기적인 혈액검사를 통한 혈중 농도 확인이 필요하다. 갑상선과 심장 기능에 영향을 미칠 수 있어 갑상선기능검사와 심전도 검사를 시행할 수 있다.

미르타자핀mirtazapine
– 상품명: 레메론, 레믹실, 미르탁스 등
– 분류: 항우울제
– 부작용: 식욕 증가, 졸림, 입마름, 변비 등. 복약 초반에 졸림이 심할 수 있으니 운전이나 집중이 필요한 업무는 당분간 보류하는 것이 좋다. 심한 졸림은 1~2주 안에 대부분 가라앉는다. 미르타자핀 복용 중에 술은 삼가야 한다.

발프로에이트valproate

- 상품명: 데파코트, 데파킨, 오르필 등
- 분류: 기분조절제, 항경련제
- 부작용: 체중 증가, 졸림, 어눌한 발음, 메스꺼움, 탈모 등. 졸림 부작용은 시간이 지나면 호전된다. 탈모가 생기면 종합 비타민을 복용하는 것이 도움이 된다. 정기적인 혈중 농도 검사가 필요하다.

부프로피온bupropion

- 상품명: 웰부트린, 니코피온, 부로피온, 부프론 등
- 분류: 항우울제
- 부작용: 입마름, 변비, 메스꺼움, 불면, 초조 등. 대부분의 부작용은 시간이 지나면 가라앉는다.

설트랄린sertraline

- 상품명: 졸로푸트, 셀트라, 트라린 등
- 분류: 항우울제
- 부작용: 성 기능 장애, 메스꺼움, 설사/변비, 입마름, 무감동 등. 부작용은 즉시 나타나고 시간이 지나면 가라앉는 반면, 효과는 시작이 다소 더디지만 시간이 갈수록 증진되므로 꾸준한 복약이 중요하다.

아리피프라졸aripiprazole

- 상품명: 아빌리파이, 아리피졸, 레피졸 등
- 분류: 항정신병약, 기분조절제
- 부작용: 메스꺼움, 주간 졸림, 불면, 초조, 변비 등. 다른 약들보다 체중 증가나 졸림 부작용이 적은 편이다.

알프라졸람alprazolam

– 상품명: 자낙스, 알프람, 자나팜 등
– 분류: 항불안제
– 부작용: 졸림, 피로, 어지럼 등. 갑자기 끊으면 금단현상이 올 수 있으니 의사 처방에 따라 서서히 중단해야 한다. 알프라졸람 복용 중에 술은 삼가야 한다.

에스시탈로프람escitalopram

– 상품명: 렉사프로, 뉴프람, 렉스큐어 등
– 분류: 항우울제
– 부작용: 성 기능 장애, 메스꺼움, 설사/변비, 불면 등. 부작용은 즉시 나타나고 시간이 지나면 가라앉는 반면, 효과는 시작이 다소 더디지만 시간이 갈수록 증진되므로 꾸준한 복약이 중요하다.

올란자핀olanzapine

– 상품명: 자이프렉사, 자이레핀, 뉴로자핀 등
– 분류: 항정신병약, 기분조절제
– 부작용: 체중 증가, 졸림, 입마름, 변비 등. 다른 항정신병약보다 체중 증가 가능성이 높으며, 장기 투여 시 대사증후군 위험에 대한 정기적인 검사가 권장된다.

지프라시돈ziprasidone

– 상품명: 젤독스 등
– 분류: 항정신병약, 기분조절제
– 부작용: 졸림, 두통, 메스꺼움, 피부 발진 등. 다른 약들보다 체중 증가나 고혈당 위험이 적은 편이다.

쿠에티아핀quetiapine

– 상품명: 쎄로켈, 쿠에타핀, 큐로켈 등

– 분류: 항정신병약, 기분조절제

– 부작용: 체중 증가, 졸림, 어지럼, 변비 등. 투약 초반에 졸림이 심할 수 있으니 운전이나 집중이 필요한 업무 시 주의해야 한다. 부작용은 시간이 지나면 대개 완화된다.

클로나제팜clonazepam

– 상품명: 리보트릴 등

– 분류: 항불안제, 항경련제

– 부작용: 졸림, 피로, 어지럼 등. 부작용은 대개 복약을 시작하거나 증량할 때 발생했다가 시간이 흐르면 호전된다. 클로나제팜 복용 중에 술은 삼가야 한다.

플루옥세틴fluoxetine

– 상품명: 푸로작, 푸록틴, 폭세틴 등

– 분류: 항우울제

– 부작용: 성 기능 장애, 메스꺼움, 설사/변비, 불면 등. 불면이 심하면 아침에 복용한다. 약의 효과보다 부작용이 일찍 나타나지만 시간이 지나면 대부분의 부작용은 완화된다.

약을 먹지 않고도
조울병을
치료할 수 있을까

🌿

만성질환일수록 약을 오래 먹기보다는 음식이나 운동 등 생활습관을 양호하게 바꿈으로써 건강을 되찾을 수 있지 않을까 기대한다. 정신질환에서는 스트레스를 관리하고 의지력을 키우는 방향으로 많은 사람들이 노력하는데, 안타깝지만 비약물적 치료만으로 조울병을 완전히 치료하기는 어렵다. 빈혈이나 종양과 마찬가지로 신체 구성 요소에 이상이 생긴 것이기 때문에 생리적 이상을 교정하기 위한 치료가 필요하다. 심리적 치료나 규칙적인 생활양식을 통해 초기에는 스트레스 조절에 일부 도움을 받아 발병을 늦출 수 있을지도 모르지만, 일단 발병하고 나서는 체내 신경전달물질의 흐름에 이상이 생긴 것이기 때문에 스트레스를 낮춘다거나 기분을 참는 등의 '마음을 조절'하는 방법으로는 효과를 보기 어렵고 실제 몸의 이상을 교정해주는 약물치료가 필요하다.

그럼에도 비약물적 치료에 대한 이해는 중요하다. 우리 몸에 상처가 났을 때 균을 잡는 항생제를 쓰는 것과 청결을 유지해주는 것 모두 중요하듯이, 조울병도 실제 몸의 이상을 잡아주는 약물치료와 환경 자극을 최소화해 발병 가능성을 낮춰주는 비약물적 치료가 서로 상호작용을 해야 하는 것이다. 내 감정을 알아가는 것에서부터 감정 조절에 도움이 되는 바른 생활습관과 심리치료 등 비약물적 치료에 대해 하나하나 살펴보자.

내 기분
알기

❦

약은 가장 핵심적인 치료지만 약물치료 외에 자기 관리도 중요하다. 그때그때 자신의 감정을 파악하고, 음식, 수면, 스트레스 등 생활습관을 관리하는 것은 스스로에 대한 통제력을 높이고 감정을 조절하는 데도 도움이 된다.

감정이 불안정하다고 생각될 때는 감정 차트를 만들어보는 것도 좋은 방법이다. 고혈압 환자가 매일 혈압을 재서 등락을 파악하는 것처럼 매일의 기분 상태를 기록함으로써 내 기분을 좀 더 객관적으로 볼 수 있다.

감정 차트에 정해진 양식은 없다. 들뜸, 우울함, 불안 등 각각의 감정 유무를 기록하는 데 그칠 수도 있고, 세밀하게는 각각의 감정에 대해 10점 척도를 적용해볼 수도 있다. 주의할 점은 그때그때, 매일 기록해야 한다는 것이다. 한꺼번에 몰아서 하는 것은 의미가 없다. 과거 기분에 대한 기억은 현재의 기분 상태에 영향을 받기 때문이다. 어제 우울했더라도 오늘 행복하면 어제도 그럭저럭 행복했던 것처럼 착각할 수 있다. 매일매일 일정한 시간에 기록하는 것이 가장 좋다.

만약 약을 복용하고 있다면 현재 복용하고 있는 약의 종류와 용량을 함께 정리해보는 것도 투약 변화에 따른 기분 변화를 알 수 있어 약의 효과를 판정하는 데 도움이 된다.

요새는 스마트폰 앱으로도 도움을 받을 수 있다. 아쉽지만 우리나라는 아직 조울병을 공개적으로 이야기하는 분위기가 아니라서인지 많지 않고, 미국 앱스토어에서 'mood chart', 'mood tracker'와 같은 키워드로 검색하면 여러 가지가 나온다. 나는 eMoods Bipolar Mood Tracker라는 무료 앱을 쓰고 있는데, 조울병의 대표적인 기분 증상(우울, 들뜸, 짜증, 불안)과 수면 시간, 체중 변화, 투약 상황 등을 체크할 수 있고, 증상 흐름을 그래프로 한눈에 볼 수 있어 편리하다.

여성의 경우는 여러 생리주기 앱에서 부가적으로 기분 상태와 체중 등을 기록할 수 있으니 이것을 활용해도 좋다. 각자의

취향에 따라 보기 편하고 자주 손이 가는 앱을 선택하면 된다. 증상 흐름이 한눈에 보이면 짧은 외래 시간에 주치의와 효과적으로 의사소통하는 데도 유용하다.

아는 것이 힘이라고, 내 감정을 파악하는 것은 그 자체만으로도 스스로에 대한 통제력을 가지고 있다는 느낌을 주기 때문에 자신감을 높이는 데도 도움이 된다. 조울병 진단을 받지 않았다 해도 자신의 기분 기복이 큰 것 같아 걱정이라면 이런 식으로 몇 주간 자가 체크를 해본 다음 정신건강 전문가와 상담해보아도 좋을 것이다.

병식,
병이 있음을
아는 것

🌿

병식이란 병에 대한 인식, 즉 내가 병을 앓고 있다는 자각을 뜻한다. 영어로는 인사이트(insight, 통찰력)라고 한다. 의사들끼리 "환자에게 인사이트가 없다"는 말을 종종 하는데, '환자가 자신이 병에 걸렸다는 것을 모른다'는 뜻이다.

병식은 정신과에서 특히 중요한데, 환자가 병에 걸렸음에도 자신이 정상이라고 여기는 일이 흔하기 때문이다. 증상은 있으나, 환자 자신이 그것을 정상에서 벗어난 행동이라고 생각하지 않는다. 엄연히 상식에서 벗어난 행동을 환자는 '그럴 수 있는 일'이라고 고집하기 때문에 가족이나 치료자와 갈등하는 일도 잦다. 이는 환자의 머릿속에 판단의 기준점이 흔들리고 있기 때문이다. 따라서 병식이 없는 것 자체가 환자의 병이 심하다는 방증이 된다.

약을 복용하면서 약의 적정 용량을 찾아가는 과정에서, 용량을 올린 후 약 기운이 과해 부작용이 심하게 온 적이 있었다. 신체적 부작용으로는 가만히 있지 못하고 좌불안석하는 초조함이 생겼는데, 의학용어로 '정좌불능'이라고 하는 것으로 팔다리에 벌레가 기어다니는 것 같고 전기가 오르는 것 같기도 한 상당히 불편하고 불안정한 상태다. 그에 더해 정신적으로는 우울증이 오면서 세상 모든 일에 대한 흥미가 없어지고 어떤 것도 동기부여가 되지 않았다. 하고 싶은 일이 아무것도 없었다. 심지어 게임을 하거나 만화책을 읽는 것마저도 하나도 재미있지 않았다. 마치 모래를 씹고 있는 것 같았다. 느릿느릿 흐르는 시간 속에 아무것도 하지 않고 지내고 있는 것이 고통이었고 살아가는 것이 무의미하게 느껴졌다.

바로 주치의와 상의하는 게 옳았지만 곧장 병원을 방문할 수 없는 상황이었다. 우울증이 오면 시야가 좁아지고 판단력도 흐려진다. 나는 자의로 약을 절반으로 줄여 먹기 시작했다. 일단 이 '죽음 같은 삶'만 아니면 될 것 같았다. 약을 줄여 먹으면서 무감각한 상태가 사라지고 다시 감정이 되돌아오니 살 것 같았다. 그렇게 다시 찾은 행복 속에 며칠을 보냈다.

어느 날 밤, 새벽에 일찍 잠이 깼는데 다시 잠이 오지 않았다. 핸드폰을 만지작거리다가 갑자기 당직인 친구에게 문자라도 보낼까 하는 생각이 들었다. 그렇지만 환자가 몰려오지 않을 때 틈틈이 쪽잠이라도 자는 시간이 당직 레지던트에게 얼마나 소중한지 알기에 충동을 참았다. 계속 잠이 오지 않고 정신이 맑은 가운데 낮에 보았던 24시간 북카페가 기억나면서 거기까지 가는 야간 버스가 있을까 생각했다.

'있으면 가려고?'

시간은 새벽 4시였다. 그 순간 정신을 차렸다. 야밤에 지인에게 충동적으로 연락하거나 집을 나가 배회하는 행동은 전형적인 조증 증상이다. 내가 맡았던 입원 환자들 중에도 이런 행동을 보인 사람이 많았다. 타산지석이라고, 내 행동이 이상하다는 것을 스스로는 느끼지 못했지만 예전 내 환자들의 행동과 비교하면서 내가 동일한 이상 상태에 있다는 것을 알 수 있었다. 다음 날 아침 일찍 병원에 가서 약을 적정 용량으로 조정했다.

때로 부끄럽고 창피하지만 나는 글 속에 내 상태나 증상에 대해 최대한 솔직하게 담아내려고 노력한다. 나의 사례가 다른 사람들에게 '이런 것이 조울병의 증상이구나' 하는 기준점이 될 수 있기 때문이다. 증상이 올라왔을 때 자기 내부의 기준이 흔들리더라도 다른 사람의 병적 행동에 대한 지식이 있으면 그에 비추어 자신의 행동을 자각하고 병식을 회복할 수 있다. 병식이 있으면 증상이 자신이나 타인에게 피해를 입히지 않도록 조기에 대처할 수 있다. 병식을 갖추는 것은 치료로 나아가는 첫걸음이다.

음식
다루기

🌿

전문가들은 조울병이라고 해서 특별히 주의해야 할 음식이 있는 것은 아니라고 말한다. 일반적인 식습관에서 크게 문제가 될 것은 없다. 균형 잡힌 식사로 적절한 영양을 섭취하되, 과식하거나 영양적으로 치우친 식사를 하지 않도록 유의한다. 조울병 약 중에는 식욕을 돋워 체중이 증가하고 대사증후군의 위험을 높이는 약도 있으므로 알맞은 영양 섭취와 신체 활동이 중요하다.

적당한 수분 섭취도 중요하다. 하루 권장량인 1.5~2L의 물을 마시는 것은 흔한 약 부작용인 변비를 예방하고 혈중 약물 농도를 일정하게 유지하는 데 도움이 된다. 단, 일부 조울병 약은 갈증 부작용이 있다. 이로 인해 물을 과도하게 마실 경우 오히려 혈중 약물 농도 및 필수 전해질 농도를 떨어뜨려 몸에 해로울 수 있으므로 물을 지나치게 많이 들이켜는 증상은 주의해야 한다.

일부 기분조절제는 간 기능에 영향을 미치므로, 마찬가지로 간 기능에 영향을 줄 수 있는 한약이나 건강보조식품을 같이 먹으면 간 기능을 해칠 가능성이 있어 주의해야 한다. 처방받은 약 외의 건강보조식품은 가급적 먹지 않는 것이 좋고, 꼭 먹어야 할 경우 의사와 상의한다.

카페인은 각성 효과가 있어 기분을 들뜨게 하거나 수면을 방해하여 조증을 악화시킬 위험이 있다. 일부 연구에서는 카페인이 조증을 악화시켜 자살 위험을 높인다는 연구 결과를 내놓기도 했다. 따라서 카페인은 가급적 피하는 것이 바람직하나, 커피를 정 끊기가 어렵다면 디카페인 커피가 도움이 될 수 있다.

술은 우리나라에서 사회생활에 꼭 필요한 것으로 간주되고 있어 어려운 문제다. 사회 복귀를 앞둔 입원 환자들 중에도 술을 정말 마시면 안 되냐고 진지하게 물어보시는 분들이 계셨는데, 술은 최대한 피하시는 게 좋다는 대답을 드릴 수밖에 없는 것이 안타까웠다. 대신 술을 마시면 안 되는 이유를 이해하면 조금 도움이 되지 않을까 하여 몇 가지 이유를 설명 드리고자 한다.

첫째, 술은 조울병의 충동성을 부추기고 병식을 떨어뜨려 조울병의 악화나 재발을 야기할 수 있다. 술을 마신 뒤 기분이 좋아지고 말이 많아지는 경험을 해보았을 것이다. 술을 마시고 과감한 행동을 할 때는 괜찮았는데 술이 깨고 나면 창피한 경우도 종종 있다. 술이 뇌 전두엽 기능에 영향을 미쳐 자제력을 떨어뜨리고 자신의 행동에 대한 이성적인 판단 능력을 저하시키기 때문이다. 술이 깊은 수면을 방해하여 수면의 질을 낮추는 것 역시 조울병의 악화에 영향을 미친다. 술을 마시면 잠이 잘 오는 것 같지만, 실제로는 얕은 잠을 맴돌 뿐 깊은 잠에 들지 못하기 때문에 푹 잔 느낌이 들지 않는다. 술 마신 다음 날 피곤한 것은 알코올 숙취 때문도 있지만 잠을 깊이 자지 못하기 때문이다.

둘째, 조울병에서는 알코올사용장애(흔히 말하는 '알코올 중독')가 발생하기 쉽고, 알코올사용장애와 조울병을 함께 가지고 있는 경우 병의 경과가 더욱 좋지 않다. 조울병 환자는 술을 많이 마시는 경향이 있다. 이는 불안을 해소하고 기분을 안정시키려는 일종의 자가 처방이라는 견해도 있다. 술을 마실 때는 기분이 좋아지고 조금 편안해지는 느낌이 들기도 한다. 그러나 술이 깨고 나면 취했을 때의 행동이나 그 결과로 인해 우울해지고, 이 우울 때문에 다시 술을 마시는 악순환이 반복된다. 반복된 알코올 남용은 뇌를 위축시키고 행동 문제를 악화시켜 일상적인 기능 수행을 더욱 어렵게 한다. 뇌의 변화는 조울병을 악화시키고, 병의 총체적인 경과에도 악영향을 미친다.

셋째, 조울병 약과 술이 상호작용하여 몸에 해를 끼칠 수 있다. 알코올 역시 뇌신경계에 작용하는 일종의 약 성분이다. 그렇기에 술을 마시면 기분도 달라지고 행동도 달라지는 것이다. 조울병 약의 구성은 사람마다 다르지만, 일부 성분이 알코올로 인해 과다하게 작용하거나(진정제 성분이 알코올과 함께 작용할 경우 심하면 호흡 억제까지 발생할 수 있다), 약과 알코올이 같은 장기에 작용하여 부작용을 일으킬 수도 있다(간 기능 손상 등). 알코올이 혈중 약물 농도에 영향을 미쳐 약의 효과가 가감되거나 기분 증상이 악화될 수도 있다.

최대한 술은 마시지 않아야 한다. 정말로 불가피한 자리라면 적어도 주치의와 미리 상의해야 한다. 약의 부작용을 염려하여 약을 건너뛰고 술을 마시는 것과 같은 자의적 투약 조절은 치료 효과를 저해하므로 바람직하지 않다.

운동
다루기

❧

적당한 운동은 기분을 상쾌하게 하고 불안을 가라앉히는 효과가 있다. 특히 우울증이나 공황장애를 앓는 환자에서 운동이 효과가 있다는 연구 결과가 있다. 심한 우울증일 때는 몸을 일으켜 밖으로 나가는 것조차 버겁게 느껴질 수 있지만, 야외에서 햇빛을 쬐는 것만으로도 기분 전환에 도움을 받을 수 있으니 일단 밖으로 나가보자.

운동이 조울병의 발병이나 치료에 직접적인 영향을 미친다는 증거는 아직까지 없다. 운동이 활동량을 높이고 신체 건강을 유지시켜 정신 건강에 간접적으로 기여할 수는 있을 것이다.

조울병 치료의 보조 요법으로 운동을 하는 것은 또 하나의 장점이 있는데, 조울병 약의 흔한 부작용인 체중 증가를 상쇄해 주는 점이다. 많은 조울병 약이 식욕을 돋우고 살을 찌운다. 심한 경우 비만을 포함한 대사증후군 위험도 있다.

옛날에는 정신과 약을 먹으면 바보가 된다고 꺼렸다. 1950년대부터 사용된 1세대 항정신병약은 진정 작용이 있어, 먹으면 멍해지고 많이 졸렸기 때문이다. 1990년대부터 2세대 항정신병약이 차례차례 개발되었는데, 현재 흔히 처방되는 리스페리돈, 올란자핀, 아리피프라졸 등이 2세대 항정신병약(비정형 항정신병약)이다. 2세대 항정신병약은 진정 부작용을 많이 개선한 대신 우리 몸의 대사를 변화시켜 식욕을 돋우고 살이 찌게 한다. 식욕을 조절하고 운동을 병행하는 것이 가장 이상적인 해결책이다.

적당한 운동은 조울병에 흔히 동반되는 불면증을 가라앉히는 데도 도움이 된다. 일부 조울병 약은 주간에 졸린 부작용이 있어, 낮에 늘어지게 자고 밤에는 잠을 못 이루기 일쑤다. 낮에 규칙적으로 운동을 하면 주간 졸림을 극복하고 밤에 양질의 수면을 취하는 데 도움이 된다. 단, 잠자리에 들기 직전 심한 운동을 하는 것은 삼가야 한다. 오히려 몸이 각성되면서 정신이 말똥말똥해져 밤잠을 해칠 수 있다.

스트레스
다루기

스트레스에 대해 가장 궁금해하는 것은 스트레스가 조울병을 유발하는지 여부이다. 답은 그렇기도 하고 아니기도 하다. 스트레스만으로 조울병이 생기지는 않는다. 무에서 유를 창조하지는 않는다는 뜻이다. 조울병은 심리적 질환이 아닌 생물학적 질환이다. 신경전달물질 체계의 이상이 핵심이다. 특정 신경전달물질의 생성량이나 그에 반응하는 민감성 등은 대개 타고나는 것이다. 이처럼 잠재적인 발병 인자를 가진 사람에게서 스트레스를 계기로 병이 표현되거나 악화된다고 보는 것이 맞다.

현재까지의 연구에 따르면, 스트레스는 조울병 발병의 원인으로 작용하기보다는 증상의 발현 시기에 관여한다고 본다. 조울병이 발생하기 전 스트레스 사건을 경험한 경우가 많았고, 특히 첫 번째 발병 전 스트레스 사건을 겪은 비율이 높았다. 우울 삽화뿐 아니라 조증·경조증 삽화 전에도 부정적인 사건이 선행한 경우가 많았다.

인간관계 갈등이나 업무 압박 등 스트레스라 하면 흔히 떠올리는 요인 말고도 일상생활 리듬이 깨지는 것, 즉 수면 시간이 일정하지 않거나 식사를 불규칙하게 하는 것도 스트레스의 일환이다. 특히 양질의 수면은 조울병에 중요하다. 수면 감소는 조울병의 주요한 증상이면서 조울병을 악화시키는 원인이 된다. 반대로 수면을 충분히 취하면 조울병의 다른 증상을 가라앉히는 데도 도움이 된다.

많은 조울병 약이 수면을 촉진한다. 약 용량이나 개인의 민감도에 따라 주간에도 졸리고 나른할 수 있다. 대개 복약 초반에는 심하게 졸리다고 느낀다. 잠을 충분히 자는 것은 도움이 되지만, 낮잠이 늘어나 밤잠을 방해하게 되면 문제다. 낮 활동량을 늘리고 낮잠을 지양해서 밤에 자는 습관을 들여야 한다.

일반적인 수면 위생에 대한 몇 가지 팁이 있다. 밤에 잠이 오지 않을 때 침대에서 오래 뒤척거리는 것은 좋지 않다. 침대는 잠을 자는 곳으로 습관을 들여야 장기적으로 이롭다. 좀처럼 잠이 오지 않으면 침대에서 일어나 다른 일을 하다가 잠이 올 때쯤 잠자리에 드는 것이 낫다.

저녁 시간에 술과 카페인을 피한다. 적당한 운동이나 따뜻한 우유 한 잔 정도는 수면을 돕지만, 몸이 각성될 정도로 심한 운동이나 속에 부담이 될 정도의 과식은 오히려 수면을 방해한다. 잠들기 전 따뜻한 물로 샤워하는 것도 몸을 이완시켜 수면에 도움이 된다.

수면 환경도 중요하다. 어둡고 조용한 안락한 공간에서 잠을 청한다. 잠자기 전 습관적으로 스마트폰을 사용하지 않도록 한다. 이 모든 방법을 동원해도 밤에 잠을 이루기 어렵다면 일시적으로 수면제의 도움을 받아 규칙적인 수면을 유도할 수 있다.

자신이 스트레스에 취약하다고 생각된다면 스트레스 상황을 가급적 피하는 것이 좋다. 만약 피할 수 없거나 피하는 것이 또 다른 스트레스가 된다면, 불가피한 스트레스에 대한 대처 기술과 스트레스 관리법을 배울 필요가 있다. 자신이 어떤 상황에서 스트레스를 받고 어떻게 행동하는지, 어떻게 바꿀 수 있을지 전문가의 도움을 받아 해결책을 모색한다. 상담치료나 인지행동

치료가 도움이 될 것이다. 요새는 명상과 같은 치료법도 실제로 스트레스 관리에 도움이 된다는 연구 결과가 나오고 있으니 자신에게 맞는 방법을 여러 방면에서 찾아보면 좋겠다.

단, 스트레스를 피하거나 관리하는 것만으로 병을 이겨내려고 해서는 안 된다. 휘발유가 잔뜩 뿌려진 방에 불을 내지 않으려면 불씨를 관리하는 것도 중요하지만 휘발유를 치우는 것이 가장 안전하다. 병의 촉발 인자인 스트레스를 관리하는 심리적 도움도 중요하지만, 조울병은 '몸의 병'이므로 몸의 이상에 대한 약물치료가 가장 기본이라는 것을 기억해야 한다.

관계
다루기

인간관계는 그 관계의 성격에 따라 병에 약이 되기도 하고 독이 되기도 한다. 자신을 수용해주고 격려해주며, 세상과 사람에 대한 긍정적인 사고방식을 가진 사람과 자주 소통하는 것이 바람직하다는 것은 두말할 나위가 없다. 쉽게 빠질 수 있는 함정이 친한 사람들과 수다로 스트레스를 푸는 것이다. 나쁜 일에 대해 이야기할수록 세상에 대한 비관적인 사고가 깊어지고 분노와 우울을 조장할 수 있기 때문에 주의해야 한다. 잠시 후련하게 느껴질지 몰라도 내면에 오히려 스트레스가 쌓이기 쉽다.

자신이 감정적으로 취약하다는 생각이 든다면, 나는 물이 70% 차 있는 물컵이라고 생각하자. 다른 사람들에게 30%의 불평과 스트레스는 충분히 감내할 만한 수준이지만, 내게는 역치를 넘기는 부담일 수 있다.

보편적인 의사 수련 과정 중 가장 힘든 시기로 대개가 인턴 1년을 꼽는다. 의사 면허를 갓 딴 새내기 의사로 의사 계급의 제일 밑바닥에 있으며, 특정 과에 소속되어 있지 않아 든든한 소속감도 없고, 일이 서툴러 혼도 많이 나고 때로는 간호사에게까지 괄시당하는 경우도 있기 때문이다.

내가 인턴 1년을 수월하게 넘긴 데는 룸메이트의 영향이 컸다. 사람과 세상의 긍정적인 면에 눈이 밝은 친구였다. 속상한 일을 당했을 때는 공감하고 입을 모아 같이 투덜거리기도 했지만, 수다가 불만 그 자체에 그친 적은 한 번도 없었다. 어떤 상황에서도 유머를 찾아내고, 어려움을 잘 견뎠다고 격려하고, 자신의 애정과 우정을 거리낌 없이 표현해서, 끝내는 그 앙금을 털어내고 웃으며 잠들 수 있게 해주는 것이 그 친구의 특기였다. 돌이켜 생각해보면 그 친구는 내 물컵 수위 조절의 일등공신이었다.

고등학교 3학년 수험생 시절, 의학전문대학원에 갓 입학해서 엄청난 학습량에 스트레스를 받던 시절 등, 스트레스가 높았음에도 별 탈 없이 잘 넘겨왔던 시기에는 어김없이 긍정을 북돋는 친구가 있었다.

모든 관계를 내 마음대로 취사선택할 수는 없지만, 가능한 한 문제보다는 해결책에 대해 이야기하고, 자신의 장점을 북돋아주고, 자신이 가진 자원을 일깨워주는 사람과 함께하는 것이 좋다. 감정적으로 흔들리는 때일수록 친한 사람과 있을 때 내 스트레스 물컵 수위가 올라가는지 내려가는지 잘 살펴야 한다.

심리
치료

🌿

    치료자와 내담자 간 다양한 방식의 상호관계와 의사소통을 통해 문제를 해결하고자 하는 비약물적 치료를 정신치료 또는 심리치료라고 한다.

    많은 경우 자신의 기분에 문제가 있는 것 같으면 심리치료로 해결하려 한다. 나 역시 2년여 정신분석을 받았는데, 덕분에 자신을 좀 더 잘 알게 되었고 많은 심리적 도움을 얻었다. 정신분석에서 내담자는 자유연상에 기반하여 무엇이든 자유롭게 말하고 치료자는 그 말을 듣고 해석한다. 나의 치료자는 특히 경청에 뛰어난 분이었는데, 아무리 어둡고 불편한 속내를 드러내더라도 비판 없이 받아들여지는 경험은 난생처음이었다. 나는 그전까지 나의 부끄러운 모습을 남들에게 솔직하게 드러내는 것을 겁냈는데, 그처럼 조건 없이 받아들여지는 경험을 하고 나서는 남들에게 보다 편안하게 내 이야기를 할 수 있게 되었다. 내가 받아들여진 경험만큼 남들을 받아들이는 폭이 넓어진 것은 물론이다.

어쩌면 심리치료가 증상의 재발을 늦추었는지도 모른다. 믿을 수 있는 상대에게 자신의 이야기를 털어놓는 것만으로도 쌓인 감정을 해소하고 불안정한 마음이 정돈되는 효과가 있기 때문이다.

그러나 결국 조울병은 심리적 문제가 아닌 생물학적 문제다. 마음을 정돈하는 것은 스트레스를 관리하는 데 도움이 되지만 근본적으로 몸의 병을 치료해주지는 못한다.

심리치료를 받고 나서 스스로가 많이 변했다고 생각했는데, 가족이나 가까운 사람들의 객관적인 의견을 들어보면 '약물치료를 받았을 때와 비교할 수 없다'고 한다. 아마도 심리치료는 안정된 상태의 기분을 한결 안정시켜주는 반면, 약물치료는 불안정한 기분을 막아주는 역할을 하기 때문일 것이다. 기분이나 행동의 극단을 막아주는 역할을 한다는 것, 이것이 중요하다. 돌이킬 수 없는 일을 저지르고 인간관계를 망가뜨리는 것은 기분이 극단으로 치달았을 때이기 때문이다. 평소 기분이 온건할 때 좀 더 잔잔하고 덜 잔잔하고는 크게 중요하지 않다. 조울병은 기분에 휩쓸리면 통제력을 잃기 쉽다. 이 통제력을 유지하는 것이 삶의 질을 결정한다.

결론적으로 말하자면 심리치료는 가장 강력한 보조 요법이다. 좋은 심리치료는 조울병의 유발 인자인 스트레스를 경감시켜준다. 심리치료를 통해 스트레스 대처 능력을 체계적으로 향상시켜갈 수도 있다. 그러나 심리치료만으로 병의 진행을 막을 수 없다는 것도 사실이다. 재차 강조하듯 조울병은 신경전달물질의 흐름에 변화가 생기는 신체적 질환이기 때문이다.

조울병이 의심된다면 전문가와 솔직하게 상의해보기를 권한다. 좋은 치료자라면 대뜸 병이라고 단정하여 투약을 권하지도, 무조건 병을 부정하고 심리치료만 고집하지도 않을 것이다. 스스로 심리치료를 찾을 정도의 내담자라면 병인지 아닌지 애매한 상태일 가능성이 높다. 자신의 상태를 솔직하게 터놓을 수 있는 치료자에게 규칙적으로 상담하면 병의 조짐이 보일 경우에도 빠르게 대처할 수 있다. 신뢰할 수 있는 치료자와 장기적인 치료 관계를 만들어가는 것은 좋은 치료의 가장 근본적인 토대다.

심리치료의 유형

심리치료에서 흔히 접할 수 있는 세 가지 유형에 대해 그 차이를 중심으로 설명하고자 한다. 아래 설명하는 정신분석, 상담치료, 인지행동치료 외에도 가족치료, 집단치료, 환경치료, 오락치료 등 여러 가지 방법들이 활용되고 있다.

정신분석

정신분석에서는 내담자의 무의식 속에 감추어진 어린 시절의 정신적 상처를 끌어올려 분석한다. 내담자의 억압된 과거 기억과 감정이 중심이 되고, 치료자는 중립을 지켜 때로 냉정하게 느껴지기도 한다. 내담자는 중립적인 치료자에게 자신의 부모를 투사하여 어린 시절의 감정을 재경험하게 되는데, 이를 전이transference라 한다. 이러한 전이와 무의식적 저항을 분석하고 해석함으로써 무의식 속으로 억압한 정신적 상처는 의식으로 끌어올려지고, 내담자는 자신의 무의식을 이해하면서 상처에서 풀려나 더 성숙한 인격과 행동 양식을 갖게 된다.

정신분석은 일반적으로 내담자가 카우치(긴 의자)에 누워 치료자를 보지 않는 상태에서 진행된다. 내담자는 자유연상으로 떠오르는 모든 것을 말하고, 치료자는 말의 내용뿐 아니라 어휘나 말실수, 말의 연결 등을 촘촘히 분석하여 숨겨진 의미를 파악하고 내담자의 무의식 속 갈등을 해석하게 된다.

정신분석은 원칙적으로 일주일에 4~5회, 회당 한 시간씩, 몇 년이 소요되는 집중적이고 장기적인 과정으로, 이를 제대로 이행하기 위해서는 상당한 시간과 경제적 비용이 소요된다. 이를 감당할 수 있을 만큼의 여유와 자신의 무의식을 이해하고자 하는 절박함이 있는 사람이 정신분석 대상이 된다. 정신분석 과정에서 맞닥뜨리는 갈등과 고통을 감내할 수 있는 정신적 강인함도 요구되기에, 정신분석은 환자보다는 오히려 평균 이상의 지적 능력과 정신력을 갖춘 사람에게 적합하다.

상담치료

정신의학용어로는 정신분석적 정신치료psychoanalytic psychotherapy라고 하는데, 용어가 정신분석과 헷갈리고 모호한 면이 있어 여기서는 상담치료로 부르기로 한다. 정신건강의학과 진료실이나 심리상담소에서 가장 흔히 접할 수 있는 심리치료 유형으로, 무의식 속에 숨은 과거를 파헤치기보다는 내담자가 현재 마주한 현실적 갈등에 초점을 맞춘다. 정신분석 원리에 기초를 두고 있으나, 전통적 의미의 정신분석과는 차이가 있다.

정신분석과 달리 대개 내담자와 치료자는 마주 앉아 대화한다. 정신분석보다 한결 따뜻하고 지지적인 분위기에서 진행되고, 치료자는 내담자를 존중하고 수용하는 태도를 보이며 때로 내담자를 격려하거나 조언을 하기도 한다.

치료 시간 및 기간은 유동적이다. 정신분석보다는 덜 집중적인 주 1~2회 정도의 치료가 일반적이다. 치료자와의 안정된 관계 속에서 환자가 현실에서 부딪치는 문제를 해결하고 정신적 상처를 치유하도록 돕는다.

인지행동치료

인지행동치료에서는 어떤 사건에 대한 사람의 감정이나 행동이 사건 그 자체보다 사건에 대한 주관적인 해석에 의해 달라진다고 본다. 한 가지 예로, 운전 중 옆 차가 끼어들었을 때, '나를 무시한다'고 여기면 화가 나겠지만, '급한 일이 있는 사람을 도와주었다'고 생각하면 편안함을 느낄 수도 있는 것이다. 이렇게 심리적 해석의 기본적인 틀을 긍정적이고 합리적인 방향으로 바꾸는 것이 인지치료이고, 이미 고정된 습관적인 행동 양식을 훈련을 통해 바꾸는 것이 행동치료이다. 인지행동치료는 자신의 부정적인 인지 체계를 확인하고, 이를 대체할 유연하고 긍정적인 사고를 개발하고, 새로운 인지행동 반응을 연습해나가는 과정이다.

약 20주 내외의 기간 동안 일주일에 한 번씩 치료자를 만나고, 그 사이사이 일상생활에서 과제를 실천하는 연습을 통해 자신의 고정된 사고와 행동 패턴을 바꿔나가게 된다. 치료자의 역할은 내담자의 문제를 심층적으로 분석하고, 비합리적 사고를 합리적 사고로 바꿀 수 있도록 안내하며 함께 해결방안을 모색해나가는 것이다. 현실적 문제에 대해 보다 합리적인 사고로 대처하는 기본 틀을 형성해나갈 수 있다는 데 의의가 있다. 조울병에 흔히 함께 발생하기 쉬운 불안장애, 섭식장애 등의 치료에도 도움이 된다.

3

삶 이야기

당신이 어떠한 모습이라도 괜찮습니다.
주눅 들지 마세요.
그리고 절대로, 절대로 포기하지 마세요.

죽음을
생각하는
당신에게

🌿

언제부터 죽음을 가깝게 느꼈는지 확실하지 않지만, 내가 기억하는 한 굉장히 살고 싶다거나 살아서 무언가를 꼭 이루겠다고 생각했던 적은 거의 없었습니다. 내게 죽음이란 건 함부로 누를 수는 없지만 언젠가는 누르게 될, 때로는 누르고 싶은 유혹적인 스위치였습니다. 나는 남들도 다 그렇게 정도의 차이만 있을 뿐 죽음을 마음에 품고 사는 줄 알았습니다. 공개적으로는 모두가 살라고 말하지만, 그들도 힘들 때는 죽음을 생각하지 않을까 하고요.

그 생각이 깨진 것은 대학교 2학년 때였습니다. 자살에 대한 강의를 듣고 나오는 길에 친한 친구가 말했습니다.

"나는 한 번도 자살을 생각해본 적이 없어. 그래서 사실은 그 사람들을 잘 이해하지 못하겠어."

이해하고 싶어서 이 강의를 들었는데, 라며 그 친구는 겸연쩍게 웃었습니다. 그제야 비로소 많은 사람들이 나와 다르다는 것을 알았습니다. 세상에는 죽음을 생각하는 사람과 그렇지 않은 사람이 있었습니다.

또 한 번은 대학원 과정 중 호스피스를 공부할 때였습니다. 마지막 과제로 '유언장 쓰기'가 있었습니다. 나는 만약 내가 지금 갑자기 사고로 죽는다면 어떻게 될지 생각했고, 유품 정리와 내가 희망하는 장례 방식, 지금 하지 못한 일들에 대한 아쉬움과 남은 사람들에 대한 미안함과 고마움에 대해 썼습니다. 그런데 발표하는 날 보니, 나를 제외한 다른 사람들은 모두 50년쯤 뒤의 늙은 자신을 상상하며, 지금은 존재하지 않는 배우자와 자녀들에게 사랑을 전하고 유언을 남겼습니다. 그때 다시 알았죠. 죽음을 곁에 두는 사람과, 그렇지 않은 사람이 있다는 것을.

지금 이 글을 보고 있는 당신은 나와 닮은 사람일지도 모르겠습니다.

'죽고 싶은 마음'을 막아주는 것은 '살고 싶은 마음'일까요.

때로 죽고 싶은 마음을 막아주는 것은 단지 '죽는 과정에 대한 두려움'일 뿐일 때가 있다고 저는 생각합니다. 죽기 전에 너무 고통스러우면 어떡하지…… 죽지 못하면 어쩌지……. 혹시 지금 당신의 마음도 이것 하나로 아슬아슬하게 지탱되고 있나요.

살아가는 것이 너무 아파서 차라리 죽어버리면 다 끝날 것 같은데, 죽는 것마저 쉽지가 않아서 방황하는 당신에게 "그래도 사는 게 낫다", "죽을 의지로 살아라" 같은 말들이 무슨 소용이 있을까요. 지금 당신에게는 살아가는 것도 고통, 죽음에 이르는 과정도 고통인데요.

그렇게 막다른 곳에 몰리기까지 아무도 모르게 혼자서 얼마나 힘들었나요, 당신.

누구보다도 자신에 대한 기준이 엄격한 당신.

강해야 한다고 채찍질하지만, 사실은 누구보다 여린 당신.

다른 사람을 원망하기 전에 '나는 왜 이 모양일까' 자신을 탓하고 마는 착한 당신.

나는 당신이 살았으면 좋겠습니다.

진심으로 당신이 살았으면 좋겠습니다.

당신은 앞으로 더 많은 사람들을 만나고 더 많은 기회를 가질 것입니다.

당신이 애써 자신의 가치를 증명하지 않아도 당신의 존재만으로 기쁨을 느낄 사람. 당신의 말에 위로를 받고 당신을 통해 살아갈 힘을 얻을 사람. 이 넓은 세상에 당신을 필요로 하는 사람은 당신이 생각하는 것보다 훨씬 많습니다.

지금 내가 가진 것이 아무것도 없다 해도, 혹은 죽도록 노력한 것에서 실패했다 해도, 뜻하지 않은 데서 당신의 길이 열릴지도 모릅니다. 빛은 어둠 속에서 더 밝게 빛나듯이, 당신의 심연에서 태어난 빛은 밝음 속에서 뽐내는 빛보다 아름답고, 당신처럼 상처받은 이들을 위로할 수 있을 겁니다.

그러니 죽지 말아요.

저는 당신의 빛을 기다립니다.

과거의 선택을
후회하는
당신에게

살다 보면 과거에 자신이 했던 선택이 몹시 후회스럽고 괴롭게 느껴질 때가 있습니다. 시간이 지날수록 내가 가지 않은 길은 무척 아쉽고 잘해낼 수 있을 것만 같고, 내가 선택한 길과 당시 내가 그 선택을 하게 했던 당위성은 빛바래 보입니다. 지금 내가 걷고 있는 길이 초라해 보일 때는 더욱 그렇습니다.

저는 의학전문대학원 입시 준비를 하던 중에 심한 슬럼프가 왔습니다. 종일 공부하는 것이 지긋지긋했고, 입시에 도움이 되는 관련 학과를 졸업한 쌩쌩한 젊은 머리들과 경쟁한다는 것이 불가능하게 느껴졌습니다. 직업도 소속도 없는 상태가 부끄러웠고, 주부는 가사노동이라도 하지, 집에 들어앉아 공부만 하는 것은 아무 쓸모 없는 자기만족이라는 생각까지 들었습니다. 이렇게 공부한다고 해서 좋은 결과가 있을까, 왜 앞날이 보장된 안정적인 직장을 그만두었을까 별별 생각이 다 들더군요.

그냥 편하게 회사 다녔으면 좋았을 텐데, 하고 한탄하자 남편이 말했습니다.

"당신 안 편했어. 회사 열심히 다녔잖아. 새벽같이 일어나서 영어 공부하고, 야근하고, 회식하고…… 그 시간, 그 스트레스 다 공부에 투자하면 뭐라도 되겠다며. 나도 그렇게 생각했어."

기억의 장난! 떠나온 회사는 제 머릿속에서 이상화되어 있었습니다. 지금 일에 대한 스트레스를 안 받으니까 마치 회사 다닐 때도 스트레스 없이 일했던 것처럼 생각하고 있었던 겁니다.

대니얼 길버트의 〈행복에 걸려 비틀거리다〉에서는 신뢰할 수 있는 여러 연구 조사에 근거하여, 현재에 발붙이고 있는 우리가 과거를 회상할 때 일으키는 착오를 분명하게 지적합니다.

현재 교제 중인 커플에게 2개월 전에 자신의 연인에 대해 어떻게 생각했는지를 회상하게 하면, 그들은 당시에도 지금과 같은 느낌이었다고 잘못 기억한다. 또한 학생들은 시험성적을 통보받을 때, 자신이 시험을 보기 전에도 지금과 동일한 정도로 걱정했다고 기억한다. 두통 환자에게 전날의 두통 정도를 회상하게 하면 그들

역시 어제의 두통이 현재의 두통 정도와 비슷했다고 회상한다.

_대니얼 길버트, 〈행복에 걸려 비틀거리다〉(김영사, 2006.)

어쩌면 당신은 그때 감정에 치우쳐 잘못된 선택을 했다고 자책하고 있는지도 모릅니다. 그런데 당신을 그 지경까지 몰아갔던 휘몰아치는 감정은 지금 어디 있나요? 혹시 가슴을 떠나 머릿속으로 옮겨간 것은 아닌가요?

당신이 '겪었던' 과거는 당신이 '기억하는' 과거와는 다릅니다. 마음에 관해서는 특히나 그렇습니다. 남이 나에 대해 쉽게 이야기해서는 안 되듯이, 지금의 나도 과거의 나에 대해 쉽게 이야기해서는 안 됩니다. 과거의 괴로움이 사라진 지금, 희석된 감정으로 당신의 과거를 탓하지 마세요. 그때의 당신은 그럴 수밖에 없었던 겁니다. 그때의 당신은 그렇게 해야만 했던 겁니다.

그러니, 괜찮습니다. 그 상황에서 당신은 최선의 선택을 했던 거예요. 그것보다 더 잘할 수는 없었을 겁니다.

'가지 않은 길'의 미래는 마치 보장된 것처럼 보입니다. 가기만 했으면 안락하고 성공했을 것처럼. 그러나 그 길에서 정말로 성공했을지는 아무도 모릅니다. 중간에 사고가 날 수도 있고, 많은 고통과 아픔이 있을 수도 있습니다. 미래가 불확실한 것은 어느 길이나 마찬가지입니다.

삶은 누구에게나 가장 좋은 길을 준비해놓고 기다린다고 저는 믿고 있습니다. 때로 후회할 수도 있지만 결국은 가장 좋은 길을 택해서 가게 되어 있다고요. 안정된 직장을 포기한 선택을 후회했지만, 덕분에 저는 의사가 되었습니다. 레지던트를 그만둔 선택을 후회했지만, 덕분에 저는 지금 이렇게 스스로를 돌아보며 글을 쓰고 있습니다.

누군가가 그러더군요. "삶은 생각대로 되지 않기에 생각지도 못했던 일이 일어난다"고. 지금은 막막해 보여도 분명 당신의 길은 가장 아름다운 곳을 향해 뻗어 있을 겁니다. 당신에게 가장 잘 어울리는 앞날을 준비해놓고서요.

위로가
필요한
당신에게

🍂

　제가 우울증의 바닥에서 덜컥 병원을 그만두었을 때, 남편은 분명 도를 넘어선 제 행동에 대해 비판 없이 제 말을 가만히 들어주었습니다. 병원을 그만둔 자초지종을 말했을 때 제 친구는 두말없이 "잘했어"라고 대꾸했습니다. 나중에야 상황을 알고 전화를 걸어온 또 다른 친구는 (그 역시 대동소이한 레지던트 제도의 한복판에 있었음에도) 저를 지치게 했던 부당한 일들에 대해 놀람과 한탄을 표시했습니다.

　나 홀로 세상에 던져진 것 같던 캄캄하고 막막한 상황에서 그것은 한 줄기 빛 같은 위로였고, 내가 나를 놓지 않고 삶을 이어가게 하는 힘이 되었습니다.

이런 위로가 안일하다고 생각하실지도 모르겠습니다. 그 잠깐을 안심시키는 것이 그 사람의 인생에 무슨 도움이 되겠느냐고요. 오히려 따끔하게 사회인의 상식을 일깨워주고 가던 길을 가게 만드는 것이 그 사람을 위하는 길이 아니겠냐고요.

저 역시도 한때는 그 말이 맞다고 생각했습니다. 역설적이게도 위로를 느낀 지 얼마 안 되어서입니다. 병원을 그만두고 나서 정신을 차린 직후, 이제 더 이상 정신과 의사가 아니라는 것을 실감했을 때 그 상실감이 너무 커서 스스로를 책망할 뿐만 아니라 그때 저를 말리지 않았던 주위 사람들까지도 원망했습니다.

그렇지만 만약 주위 사람들의 강요와 반대에 밀려 돌아갔다면 저는 조만간 비슷한 일을 다시 저질렀을 겁니다. 제 병을 깨닫지도 못했겠지요. 그저 기댈 곳 없는 내 외로움을 견뎌내는 데만 급급해 아무것도 보이지 않았을 겁니다. 그 끝은 더 극단적인 선택이었을지도 모릅니다.

병원을 그만두고 한동안의 좌절감을 호되게 치러낸 후, 저는 제가 저지른 일의 결과를 똑바로 바라보았습니다. 저조차 이해할 수 없는 행동에 대한 답을 찾아야 했습니다. 저에 대해 솔직한 이야기를 들어야겠다는 생각을 했을 때, 저는 저를 받아들여주었던 그 사람들에게 가장 먼저 도움을 청했습니다. 그들에게라면 마음을 열고 어떤 이야기든 들을 준비가 되어 있었습니다.

그들은 평소와 달랐던 저의 모습에 대해 이야기했습니다. 짐작은 했지만 제 눈에는 보이지 않았던 제 모습이 하나하나 그려졌습니다. 그것은 내가 잘 아는 어떤 병의 모습에 매우 가까웠습니다. 나 자신을 되짚어 보고 병원에 가서 진단을 받고, 제가 조울병이라는 것을 알렸을 때도 그들은 그런 저를 있는 그대로 받아들여주었고 치료를 격려해주었습니다. 이 모든 것이 저를 살리고 지금의 저를 만들었습니다.

인본주의 심리학의 대가 칼 로저스는 치유에 있어 무조건적인 존중과 수용을 강조했습니다. '그의 입장에서는 그럴 수도 있었다'는 것을 진심으로 이해하고 상대방을 받아들여주는 것은 어렵지만 가치 있는 일입니다. 그 힘은 위로하는 그 한순간에 그치지 않기 때문입니다. 외로운 터널에서 극단적인 선택을 하지 않도록 옆에서 단단히 잡아주는 것도 그 힘입니다. 자신에 대한 아픈 자각이 필요할 때 자신을 똑바로 볼 수 있게 도와주는 것도 그 힘입니다. 그래서 저는 '괜찮다, 다 괜찮다'의 힘을 믿습니다. 당신이 어떤 상황에 처해 있든, 당신에게 이 말이 필요할 때, 저는 기꺼이 당신에게 '괜찮다'고 말해줄 겁니다. 당신에게는 그럴 만한 이유가 있었고, 그 일은 당신에게 필요한 것이었습니다. 세상에는 다양한 길과 수많은 기회와 그 사람만의 타이밍이 있습니다. 너무 조급해하지 마세요. 힘들었던 자신을 인정하고, 당신에게 잠재된 힘을, 또 다른 가능성을 믿어도 됩니다. 다 괜찮습니다.

녹초가
되어버린
당신에게

🍃

열심히 달려오다 지쳐버린 당신, 괜찮은가요? 나에게도 낯선 내 모습을 받아들이지 못해 나를 괴롭히고 있는 건 아닌가요? 어쩌면 당신은 스스로가 지쳐 있다는 것조차 모르고 다만 '요새 왜 이렇게 짜증이 나지?', '왜 이렇게 일이 손에 안 잡히지?'라며 초조해하고 있을지도 모릅니다. 이 상태가 당신이 지쳤다는 신호라는 걸 알아채야 합니다.

번아웃증후군은 활기차게 열정적으로 일해오던 사람이 에너지를 다 소진하고 무기력하고 우울한 상태에 빠져버리는 것을 말합니다. 전문가들은 지친 기분, 사람에 대한 냉소, 성취감 감소를 번아웃증후군의 대표적인 세 가지 측면으로 정의합니다. 번아웃증후군에 빠지면 신체적, 정신적으로 지쳐 에너지를 다 소모해버린 듯한 기분이 듭니다. 나의 정신적인 에너지가 부족하기에 주위 사람들에 대한 공감력도 떨어지고 거리를 두게 됩니다. 예전에는 신나게 일하고 작은 일을 해내도 보람을 느꼈는데, 이제는 내가 왜 이 일을 하는지 회의적인 생각이 들고 성취감도 별로 느껴지지 않습니다. 그 외에도 육체적인 피로와 스트레스가 지나쳐 가슴이 답답하거나 두통이 올 수도 있고, 쉽게 화가 나고 생각의 폭도 좁아집니다. 여기 번아웃증후군 체크리스트가 있습니다. 자신을 돌아보며 해당하는 사항에 체크해보세요.

번아웃증후군 체크리스트

- ☐ 일하기에 몸이 너무 지쳤다는 생각이 든다.
- ☐ 퇴근할 때 녹초가 된다.
- ☐ 아침에 출근할 생각만 하면 피곤해진다.
- ☐ 일하는 것에 부담감과 긴장감을 느낀다.
- ☐ 일이 주어지면 무기력하고 싫증이 난다.
- ☐ 자신이 하는 일에 관심조차 없다.
- ☐ 주어진 업무를 할 때 소극적이고 방어적이다.
- ☐ 성취감을 못 느낀다.
- ☐ 스트레스를 풀기 위해 쾌락(폭식, 음주, 흡연 등)에 빠진다.
- ☐ 최근 짜증이 늘고 불안감이 많이 느껴진다.

위 10가지 중 3가지 이상 해당된다면 번아웃증후군을 의심할 수 있습니다. 더 많이 해당된다면 경고 신호입니다. 번아웃증후군은 극도의 스트레스 상황에서 갑자기 폭발하여 극단적인 선택으로 이어질 수 있기에 주의해야 합니다.

자신이 번아웃증후군에 빠진 것 같다면 우선 지금 당신이 지쳐 있고 예전만큼 해낼 수 없다는 사실을 인정해야 합니다. 당신이 부족한 것도, 부끄러운 일도 아닙니다. 누구에게나 그런 때가 옵니다. 당신이 주위 사람들보다 빨리 지쳐버렸다면 그것은 당신이 그만큼 열심히 살아왔기 때문입니다. 세게 잡아당긴 고무줄이 더 빨리 한계에 이르는 것처럼 당신에게 그 시기가 조금 일찍 찾아왔을 뿐입니다.

고무줄을 한없이 잡아당겨 늘릴 수는 없습니다. 더 이상 늘어나지 않는 고무줄을 계속 잡아당기면 끊어져버립니다. 고무줄을 다시 사용하기 위해서는 탄성을 되찾을 수 있도록 느슨하게 해주어야 합니다. 어깨에 힘을 빼고 일을 조금 덜어내보세요. 예전에 100%만큼 해냈던 일이라면 80%까지만 채워보세요. 의외로 그 20%를 알아채는 사람이 없어 맥이 빠질지도 모릅니다.

주변에 도움을 청해보세요. 내가 다른 사람을 돕고 싶은 것처럼 다른 사람들도 기꺼이 나를 도와줍니다. 당신이 이제까지 잘해왔기에 주변에서 굳이 도움을 주겠다는 내색을 하지 않았을 뿐입니다. '힘들 텐데, 도와달라고 하면 언제든 도와줘야지'라는 생각을 가진 사람들이 의외로 많습니다. 왜 먼저 나서서 도와주지 않냐고요? 당신이 도와달라고 했다가 거절당할까 봐 두려운 것처럼 그들도 도와주겠다고 나섰다가 거절당하는 상황을 두려워합니다. 우리는 모두 마음 한켠에 겁쟁이 어린아이를 데리고 살고 있습니다.

탈진했을 때 가장 중요한 치료는 '쉼'입니다. 지금 당장은 초조하고 내가 손을 놓으면 혹시 일이 잘못되지 않을까 걱정스러워도 세상은 그리 쉽게 무너지지 않습니다. 당신이 그동안 쌓아온 것이 있는데요. 당신이 최선을 다해왔다는 것을 주변 사람들은 모두 알고 있습니다. 스스로를 너무 몰아붙이지 마세요. 당신은 충분히 잘해왔습니다. 잠시 숨을 돌리고 다시 돌아가 달리면 됩니다. 인생은 단거리 경주가 아닌 마라톤이라는 사실을 잊지 마세요.

무기력에
빠진
당신에게

무기력은 누구에게나 종종 찾아오는 환영할 수 없는 친구입니다. 만약 심각한 무기력과 무의욕이 2주 이상 이어진다면 우울증에 대한 평가를 받아볼 필요도 있습니다. 하지만 여기에서는 그보다는 가벼운 일상에서의 무기력감에 대해 이야기해보려고 합니다.

우선 기억해야 할 것은 이 순간은 지나간다는 사실입니다. 어제도 오늘도 끝이 나지 않을 것만 같은 지친 하루가 이어지고 있다 해도 언젠가는 이 모든 것이 걷혀 지나가고 서서히 활력을 되찾게 될 것입니다.

만약 지금 당신이 지독한 무기력에 빠져 있다면 아무것도 하고 싶지 않은 한편 당신 앞에 펼쳐진 망연한 시간에 불안한 기분이 들지도 모릅니다. 하릴없이 스마트폰을 만지작거리며 게임이나 인터넷 서핑을 하고 있을지도 모르겠군요. 우선 시간 때우기용 스마트폰을 내려놓으세요. 그러면 일단 마음의 불안을 내려놓을 준비가 된 것입니다.

지금의 내 상태가 내 마음에 들지 않을 때는 대개 내 마음이 멀리 가 있습니다. 미래의 내 모습을 그려보며 불안해하고 있거나, 과거의 나를 후회하고 있거나, 남과 나를 비교하며 못 미더워하고 있습니다. 이럴 때는 '지금 여기here and now'에 집중하는 마음챙김 명상이 도움이 됩니다.

생각은 현재에 있지 않고 과거와 미래를 떠돌며 우리를 끊임없이 괴롭힙니다. '지금 여기'에 있는 생각은 없습니다. 내 생각을 찬찬히 들여다보세요. 과거의 일을 반추하거나 미래의 일을 상상하거나 둘 중 하나일 것입니다. 몇 년 뒤 혹은 몇 분 뒤 시간의 차이가 있을 뿐, 정작 '지금 여기' 현재에 있는 생각은 없습니다.

우리가 할 일은 생각을 내려놓고 마음을 현재로 가져오는 것입니다. 지금 이 순간의 나를 있는 그대로 받아들이는 것입니다.

편안한 자세를 취하고, 지금 내 생각을 가만히 들여다보세요. 생각을 더 만들지 말고 관찰하는 것입니다. 짜증이 나면 '내가 짜증이 났구나', 불안하면 '내가 불안하구나' 하고 바라보며 내버려둡니다. '왜 짜증이 나지?', '왜 불안하지?' 하며 생각에 꼬리를 물고 파고들지 말고요.

내가 무기력하다는 생각이 든다면 그 사실을 그저 받아들입니다. 완전히 받아들이고 최대한 무기력해지세요. 생각을 멈추면 마음은 쉬게 됩니다. 생각이 많은 머리는 진흙탕과 같아서 휘저으면 휘저을수록 더욱 복잡해집니다. 진흙을 가라앉히고 맑은 물을 얻는 방법은 그저 내버려두는 것입니다.

가만히 나를 지켜보다 보면 어느 순간 생각의 흐름이 사라지고 마음의 평화가 올 것입니다. 처음에는 단 몇 초에 지나지 않을지도 모릅니다. 그 순간의 느낌을 이어가는 데는 자신의 호흡에 집중하는 방법이 도움이 됩니다. 생각에 매이지 말고 내가 들이쉬고 내쉬는 숨과 내 몸의 느낌에 집중하세요. 숨을 깊이 들이쉬고 내쉴 때 내 심장 박동이 어떻게 변하는지 느껴보세요.

짧은 마음의 평화가 지나가더라도 다시 무기력하고 불안해질지도 모릅니다. 무언가를 해야 한다는 강박을 버리세요. 하기 싫다면 아무것도 하지 않고, 그 하지 않는 나를 가만히 지켜보면 됩니다. '해야 하는데, 하기 싫어'라는 마음에 묶여 있으면,

마음은 줄곧 '해야 하는데'를 맴도느라 마치 진짜 그 일을 하고 있는 것처럼 피로해집니다. 불안은 거기에서 옵니다. 하기 싫다면 '하기 싫어'에만 집중하고 그런 나 자신을 받아들이세요. 지금 이 순간만 생각하세요. 지금 이 순간만은, 아무것도 하지 않아도 아무 일도 일어나지 않잖아요. 미래에 집착하지 않는다면, 지금 이 순간에는 아무 문제도 없습니다.

미래는 계획대로 되지 않습니다. 꼼꼼하게 계획을 세워도 어긋날 때가 있고, 내버려두어도 잘 풀려나갈 때가 있습니다. 미래를 걱정하는 것은 부질없는 짓입니다.

가만히 지금 이 순간에 집중하다가, 떠오르는 것을 잡으세요. 그것은 무언가 하고 싶다는 의욕일 수도 있고, 현재의 나에 대한 편안함일 수도 있습니다. 어느 쪽이든, 당신은 자기 자신에 대해 조금 덜 불안해하고 조금 더 편안해지게 될 것입니다.

이유 없이
우울한
당신에게

🌿

　우울은 참 힘든 감정입니다. 어떤 이유가 있어 우울해질 때도 있지만 이유 없이 우울에 쉽게 빠지는 사람도 적지 않습니다. 이유 없는 우울은 해소하기도 쉽지 않아 더 힘들지요. 주위 사람들에게 우울하다고 털어놓는 것도 한두 번이지, 이유 없는 우울함을 자꾸 이야기하는 것도 미안하고 눈치가 보여 내 안에 숨겨두고 혼자서 무엇이 문제일까 고민할수록 '나는 왜 이럴까' 하며 더 우울해지기도 합니다.

　정신분석학에서는 우울의 일부 원인을 가혹한 초자아에서 찾습니다. 프로이트는 사람의 성격을 원초아id, 자아ego, 초자아superego로 구분하였는데, 원초아는 쾌락을 추구하는 본능적 욕구, 초자아는 도덕적인 검열관, 자아는 원초아와 초자아 사이에서 균형을 잡고 현실에 적응하는 중재자입니다. 이상을 추구하는 초자아는 주로 부모의 영향으로 형성되는데, 부모가 지나치게 엄격하고 완벽한 가치관을 아이에게 강요하면 아이는 그것을 자신 안에 내재화하여 가혹하고 처벌적인 초자아를 갖게 됩니다. 늘 나를 감시하는 초자아의 영향으로 자제력이 뛰어나고 윤리적인 반면 타인의 시선에 민감하고 비판적인 성격을 갖게 되지요. 나 스스로가 늘 나를 꾸짖고 있는 상황이기 때문에 항상 야단맞는 어린아이가 위축되는 것처럼 스스로에 대해 자신이 없고 비판적이 됩니다.

이들은 작은 일에도 많은 시나리오를 그리며 삽니다. 완벽해야 한다는 강박 때문에 한 가지 상황을 앞두고서도 수십 가지 대응책을 상상하고 연습합니다. 그러다 보니 쉽게 지치고 종종 머리가 복잡하다고 느낍니다. 그렇게 준비한다 해도, 슬프게도 세상은 늘 예측대로 되는 것도 아닙니다. 계산되지 않은 상황은 어색하고 당혹스럽습니다. 그러면 이 상황을 예측하지 못하고 제대로 대응하지 못한 자신의 부족함을 탓하며 또 우울해집니다.

자, 이제 그 무거운 짐을 조금 내려놓을까요? 다른 사람들은 나와 같지 않습니다. 모두가 당신의 작은 행동 하나하나에 신경을 쓰고 비판하는 것은 아닙니다. 세상 사람들은 누구나 자기 자신에게 관심이 있지 남에게는 큰 관심이 없습니다. 한번 생각해보세요. 내가 하루 종일 남들에 대해 얼마나 생각하는지요. 남들이 나를 어떻게 생각하는지에 대해서 말고, 순수하게 타인에 대해 상상하고 관심을 쏟는 시간은 얼마나 되나요? 생각보다 많지 않습니다. 누구나 그렇습니다. 나는 내 말실수를 끝없이 반추하며 괴로워하지만, 상대방의 머릿속에서 그것은 스쳐 지나간 한순간일 뿐입니다. 그리고 사람은 누구나 자신의 독특한 관점을 가지고 있기 때문에 나의 해석이 그 사람의 해석과 일치하는 것도 아닙니다.

완벽하지 않은 나여도 됩니다. 다른 사람들이 숱하게 실수하는 것처럼 나도 실수해도 됩니다. 대부분의 일은 사소한 한순간에 지나지 않습니다. 나에게 생길 일을 미리 상상하고 궁리하지 않아도 돼요. 빈틈없이 계산했던 일보다 얼떨결에 처리한 일이 더 좋은 반응을 이끌어냈던 경험이 있지 않나요? 세상의 많은 일이 그렇습니다. 일상을 쉽게 쉽게 헤쳐나가는 것 같은 사람들을 보면 부러운 생각이 들지요. 그들은 모든 일을 세세하게 계산하지 않기 때문에 마음에 여유가 있어 재치 있게 상황에 대응할 수 있습니다.

사실 오래도록 형성된 우울을 떨치는 것이 쉽지는 않습니다. 이 모든 것을 안다고 해도 내 기분이 즉각 달라지는 것은 아니지요. 이왕 가지고 있는 내 기분, 우울의 장점도 알려드릴게요. 연구에 따르면, 우울한 사람들이 더 현실적이고 정확하게 미래를 예측하는 경향이 있다고 합니다. 사람은 누구나 미래를 낙천적으로 보는 경향이 있는데, 우울한 사람들은 이유 없는 낙관을 경계하고 현실 조정 장치를 제대로 작동시킨다는 것이지요. 프로젝트 마감일이 흔히 밀리고, 자신이 할 수 없는 일을 할 수 있다고 자신했다가 곤란에 빠지는 경우를 종종 보는데, 이것이 자신에 대한 이유 없는 낙관의 결과입니다. 당신은 일에 대한 가부를 정확히 판단하고 쓸데없이 높은 목표를 잡지도 않을 겁니다. 당신이 모르는 사이 주위에는 정확하고 신뢰성 있게 일을 처리한다고 정평이 나 있을지도 모릅니다. 나를 자꾸 몰아붙이는 것은 나 자신뿐입니다. 나에게만 가혹한 나에게 조용히 하라고 따끔하게 한마디 해줘도 좋을 거예요.

화가 나면
참지 못하는
당신에게

⚜

    조울병에서 가장 치명적인 부분이 분노 조절의 끈이 약한 것이라고 생각합니다. 유쾌하게 잘 지내다가도 누가 예민한 부분을 건드리면 감정이 폭주하여 주위 사람들은 물론 자기 자신도 당황하고 후회한 적이 있을 것입니다. 자신은 인지하지 못하더라도 주위에서 "너는 화가 나면 사람이 완전히 바뀌더라" 같은 말을 들은 적이 있다면 주의해야 합니다.

    '터널 시야'라는 용어가 있습니다. 터널로 들어가면 주위가 깜깜한 가운데 오직 출구의 빛만이 하얗게 떠오르듯이, 어느 순간 다른 모든 생각이 지워지면서 오직 한 가지 생각만이 문제의 유일한 해결책으로 떠오르고 그 생각이 전부를 지배하면

서 실행에 옮기게 된다는 말입니다. 짐작하셨겠지만 주로 자살
자의 심리를 이야기할 때 사용되는 용어입니다.

조울병에서 자살 위험이 높은 것을 터널 시야와의 연관성으
로 설명하는 사람도 있습니다. 감정이 극단으로 치닫는 순간 터
널 시야에 빠지는 위험이 다른 사람보다 높다는 것입니다. 분노
가 통제를 벗어나는 순간 한 가지 생각밖에 나지 않고 그것만
이 그 상황에서 유일하게 납득 가능한 해결책으로 여겨집니다.
그것은 죽음일 수도 있고 누군가에게 원망이나 분노를 퍼붓는
것일 수도 있습니다.

분명 당신을 도발한 상황이 있었겠지요. 어쩌면 당신은 이미
많이 참고 있었을지도 모릅니다. 지금은 당시의 상황에 대해 어
떻게 생각하나요? 나를 몰아붙였던 상황에 대해 자신의 분노
는 정당했다고 생각하나요? 아니면 그러지 않을 수도 있었는데
너무했다며 자책하고 있나요? 혹시 당신에게 소중한 것을 잃지
는 않았나요?

중요한 것은 비슷한 상황이 반복될 수 있고 자신이 같은 선
택을 할 가능성이 높다는 사실입니다. 상황에 대한 내 반응이
정상적인 범위를 벗어나 병에 휘둘리고 있을지도 모른다는 가
능성을 무시하면 해결책은 보이지 않습니다.

조울병에서는 체내 신경전달물질 중 대표적으로 노르에피네프린과 세로토닌의 균형이 깨져 있습니다. 노르에피네프린은 '분노 호르몬'이라고도 하고, 세로토닌은 분노를 조절하는 데 관여하는 호르몬입니다. 즉, 분노 유발 상황은 분명히 있었겠지만, 그 후에는 체내 조절이 제대로 작동하지 않아 과도한 분노에 내가 휘둘려버리는 것입니다. 그러면서 내 분노를 정당화하기 위해 상황의 부당함을 과도하게 부풀리기도 합니다.

나의 화가 통제되지 않는다는 점, 즉 '어떤 이유 때문에 화가 나는 것'이 아니라 '화가 나기 때문에 이유를 만든다'는 점을 이해하는 것이 중요합니다. 그렇게까지 화를 낼 일이 아닌데 격렬하게 화를 내고 그것을 정당화하기 위해 상황을 왜곡하는 일이 반복되면 가까운 사람들은 방향을 잃고 상처를 받습니다. 자신이 비슷한 상황에서 일관성 없이 화를 내고 있지는 않은지 살펴보세요. 그 화가 도를 넘지는 않았는지 상대방에게 물어보세요(대부분 자신은 정당하게 화를 내고 있다고 생각하기 때문에 다른 사람의 기준에서 보는 것이 필요합니다).

내 뇌 속의 신경전달물질이 조절되지 않아 감정이 북받쳐 오르고 이치에 맞지 않는 행동을 한다는 것을 알아차리기만 해도 잘못된 행동을 중단하는 데 도움이 됩니다. 그러나 이것만으로 부족하다면 조울병에 대한 진단을 받고 약물치료도 고려해보시기를 권합니다. 앞서 이야기했듯 약물치료는 극단의 행동을 막아주는 효과가 있기 때문입니다. 약으로 몸의 균형을 찾으면서 자신에 대한 객관적인 인식도 높아져 전에는 알지 못했던 불합리한 자기 행동을 알아차리게 될 수도 있습니다.

약물치료를
시작해야 할지
고민하는 당신에게

❦

스스로 견뎌내기 힘든 상황에 처해 있는 것 같네요. 아마도 약이 아닌 다른 치료들을 이미 시도해보았겠지요. 약물치료를 떠올리기까지 쉽지 않았을 것입니다. 자신을 치유하기 위해 용기를 낸 것은 참 잘한 일입니다.

약을 먹는 목적은 크게 두 가지입니다. 증상의 발생을 예방하기 위해서, 그리고 병의 증상이 갑자기 악화되었을 때 증상을 가라앉히기 위해서입니다.

조울병 진단을 받았다면 병의 악화를 막고 재발을 방지하기 위해 가능한 한 빨리 약물치료를 시작해야 합니다. 병은 몸의 문제지, 마음의 문제가 아니기 때문입니다. 이미 한 번 이상 조증 또는 우울증을 겪었다면 정신건강의학과를 방문하여 의사와 상의해보시기를 권합니다. 조울병의 증상을 자가진단 해보는 데 책 뒷날개의 '조증/우울증 체크리스트'가 도움이 될 것입니다. 스스로 병을 자각하지 못하는 경우도 있으므로 주위 사람들의 의견을 들어볼 필요도 있습니다.

아직 조울병을 진단받지 않았고, 명백한 조증이나 우울증의 증상이 없었던 경우에는 고민스러울 것입니다. 심각한 조증이나 우울증을 겪지는 않았으나 자신의 기분 기복이 심하다고 느껴지고 불안한 분들은 기분장애의 일종인 '순환기분장애'일 수 있습니다. 순환기분장애는 경조증(조증에 미달하는 들뜸)과 기분저하(우울증에 미달하는 우울함)가 2년 이상 반복되는 만성적인 기분장애를 말합니다. 항상 그래 왔기 때문에 '난 원래 성격이 그래'라고 생각하는 경우가 많습니다. 만약 자신이 늘 불안정하고 때로 기분을 통제할 수 없다고 느낀다면 순환기분장애에 대한 평가를 받아보는 것이 좋습니다.

순환기분장애에서는 약물치료와 심리치료의 병행이 권장됩니다. 순환기분장애의 상당수가 조울병으로 악화될 수 있기 때문에 약물치료는 증상의 악화를 예방하는 데 도움이 됩니다. 또한 꾸준한 심리치료를 통해 자신을 잘 아는 치료자와 정기적으로 소통하면, 증상이 심해질 때 빨리 알아차릴 수 있고 평소의 기분 기복에 대처하는 법도 연습할 수 있습니다.

저는 고등학생과 대학생 시절, 경조증과 기분저하를 오가는 순환기분장애를 겪었던 것으로 추정됩니다. 추정이라고 말하는 이유는 이미 십수 년의 시간이 흘렀기에 당시에 대한 제 기억이 완전하지 않기 때문입니다. 회사에 다닐 때와 대학원 시절에는 특별한 삽화를 겪었던 것 같지는 않습니다. 몇 년간 꾸준히 심리치료를 받았던 덕분일지도 모르겠습니다. 대학원을 마친 뒤 인턴을 앞두고, 스스로 많이 안정되었다는 생각에 심리치료를 중단했던 것이 아쉽습니다. 이후 레지던트를 하면서 다시 삽화가 발생했을 때, 증상을 억누르는 대신 스스로를 객관적으로 평가해보고 약물치료를 시작했다면 좋았을 것입니다. 주의할 점은, 이미 병의 증상이 시작되고 나면 병을 자각하기가 어렵다는 점입니다. 그러므로 만약 위험인자(예를 들면 가족력)가 있고 병의 전조가 있었던 경우, 의사와 상의하여 약물치료를 고려해보실 것을 권유합니다. 어느 병이나 그렇듯 조기 진단과 조기 치료가 중요하고, 병이 작을 때 치료를 시작하면 치료가 용이하고 치료 기간도 짧습니다. 약물치료가 정 망설여진다면 심리치료부터 시작해보는 것도 도움이 될 것입니다.

약 부작용이
너무 힘든
당신에게

❧

　많은 경우 약의 부작용 때문에 복약을 중단하고 싶어 합니다. 부작용은 처음 몇 주간 나타났다가 사라지기도 하지만, 잊을 만하면 다시 나타나 괴롭히기도 합니다. 내 몸의 컨디션이 좋지 않으면 약 때문은 아닌가 의심스럽고 걱정이 되지요.

　저는 약을 복용하기 시작하면서 한 달가량 변비와 무기력증 때문에 불편을 겪었습니다. 일시적으로 여드름이 심해지기도 했는데 피부가 나빠지는 것이 약 때문은 아닌가 걱정되기도 했습니다. 다행히 이 증상들은 2~3주 정도 지나니 가라앉았지만, 그 후 가장 강력한 부작용이 찾아왔습니다. 모든 일에 의욕이 사라지고 흥미가 없어진 것이었습니다. 어렸을 때부터 책을 너무 좋아해서 서점이 놀이터였고 책만 있으면 시간 가는 줄 몰랐는데 책 읽는 것조차 재미가 없어졌으니 다른 흥밋거리야 두말할 필요가 없습니다. 영화 한 편을 한자리에서 이어 보지 못했고, 밖에 놀러 나가도 하고 싶은 일이 없었습니다.

조울병 환자들이 투약을 지속하면서 기분이 가라앉게 되면 조증 또는 경조증 시기의 들뜨고 행복한 기분이 그리워져 종종 약을 끊는다는 것은 교과서에 나올 정도로 전형적인 사례입니다. 저 역시 이 심정을 절절하게 느꼈습니다. 삶이 재미없어진다는 건 끔찍한 일입니다. 더욱 위험한 것은 이 기분이 자살에 대한 생각과 연결될 수 있다는 것입니다. 왜 살아야 하나, 라는 생각을 그때만큼 진지하게 해본 적이 없었습니다.

주변의 이야기를 들어보면 3개월 차 즈음에 고비가 오는 것 같습니다. 이때 자의로 약을 끊고 좋아졌다고 하는 경우도 드물지 않습니다. 그러나 문제는 그때 당장이 아닙니다. 약물치료를 충분히 지속하지 않으면 거의 100% 재발하는데, 시기는 약을 끊은 몇 주 후에서 몇 개월 후까지 다양합니다.

약물치료는 체내 신경전달물질 체계의 기반을 다시 세우는 과정입니다. 새로 건물을 짓기 위해서는 몇 개월간 터를 닦고 기반을 마련해야 하듯이, 우리 몸의 신경전달물질 체계를 정상적인 범위로 다듬고 적응시키는 데도 수개월에서 수년의 시간이 필요합니다. 조증 또는 우울증의 증상이 급격하게 나타나는 것을 삽화라고 하는데, 도중에 삽화가 재발하면 차근차근 세워왔던 기반은 순식간에 무너집니다. 무너진 기반을 추스려 다시 쌓는 데는 더 오랜 시간이 걸립니다.

또한 일부 약은 갑자기 중단할 경우 금단 현상이 발생하거나 자살 가능성이 높아지는 등의 부작용이 있으니 의사와 상의 없이 마음대로 약을 끊는 것은 위험합니다. 만약 약의 부작용이 심하다면 주치의와 상의하여 약물 조절 계획을 체계적으로 세워야 합니다.

치료를 안정적으로 지속할 경우 대부분의 신체 부작용은 적응되고 완화됩니다. 무의욕과 흥미 상실 부작용이 있는 경우, 내키지 않더라도 무엇이든 일단 시작해보는 것이 중요합니다. 일하는 것이든 배우는 것이든 해야 할 일을 만들어서 규칙적으로 활동하고 조금씩 몰입하다 보면 그 시기를 넘길 수 있습니다.

부작용이 감지되면 약을 끊고 싶은 마음이 들겠지만, 약을 끊는다고 몸이 좋아지는 것은 아닙니다. 부작용은 우리 몸을 건강하게 만드는 동안의 정화 작용인 셈이라고 생각하면 도움이 될 것입니다. 몸을 치료하기로 결정했다면 충분한 기간 동안 충분한 용량의 약을 체계적으로 복용하는 것이 중요합니다. 건물을 세울 때 충분한 자재와 넉넉한 시공 기간이 보장되어야 튼튼한 건물을 지을 수 있는 것처럼 말이죠. 힘든 시기겠지만, 잘 이겨내시기를 바라고 응원하겠습니다.

약물치료를
중단하고 싶은
당신에게

약물치료를 중단하고 싶은 첫 번째 이유는 약을 안 먹어도 괜찮을 것 같아서, 두 번째는 약의 부작용이 힘들어서일 것입니다. 약의 부작용에 대해서는 이야기했으니 여기서는 첫 번째 이유에 대해 이야기해보겠습니다.

우선 약을 안 먹어도 되겠다는 생각이 들었다는 것은 좋은 일입니다. 그만큼 증상이 가라앉고 잘 지내고 있다는 말이니까요. 힘든 시기를 잘 넘기셨습니다.

기분장애를 비롯한 '마음의 병'은 '뇌의 병'입니다. 다른 신체 부위 질환과 가장 큰 차이를 보이는 점이 병의 경과가 눈에 보이지 않고, 과거에 대한 판단이 현재에 영향을 받는다는 점입니다. 만약 몸에 난 상처라면 처음의 심한 상처에서, 치료를 받으면서 점점 나아가는 과정이 눈에 보이고, 예전 상처의 모습이 기억에 또렷하게 남아 있기 때문에 치료의 효과를 믿기가 쉽습니다. 그러나 직접 눈에 보이지 않는 신경전달물질로 인해 비롯되는 이 병은, 예전에는 어떤 점이 잘못되어 있었고 지금은 어떤 점이 나아졌는지 눈에 보이지 않습니다. 게다가 예전의 나에 대한 기억도 정확하지 않습니다. 지금의 내가 안정된 기분 상태에 있기 때문에 예전과는 다르게 행동할 것이라는 믿음이 생깁니다. 이 점을 조심해야 합니다.

과거에 대한 사람의 기억은 현재의 영향을 받습니다. 심한 두통이나 치통을 겪어본 적이 있나요? 여성의 경우 심한 생리통은요? 통증이 심한 그 순간에는 아프다는 생각 외에는 아무것도 떠오르지 않습니다. 그러나 통증이 가시고 나면 마치 그 통증이 견딜 만했던 것처럼 생각되어 치과에 가거나 진통제를 사러 가는 것을 미루고, 다시 통증이 왔을 때 뼈저리게 후회합니다. 다이어트를 할 때는 어떤가요? 비록 내가 어젯밤에는 과식을 했지만 음식을 먹고 있지 않은 지금은 식욕을 절제할 수 있을 것 같아 '딱 한 입만 먹어야지' 하고 음식에 손을 댑니다. 그러고는 폭발하는 식욕을 감당하지 못해 다시 과식을 하고 후회합니다.

기분이나 느낌에 대한 우리의 판단은 이처럼 순간순간 변합니다. 지금 화가 나 있지 않은 상태라면 과거 화가 났을 때의 폭발적인 기분은 희석되어, 같은 상황이라도 잘 참아내고 다르게 행동할 것이라고 생각합니다. 지금 우울하지 않은 상태라면 과거 우울했을 때의 감정도 지금처럼 견딜 만했다고 착각하기 쉽습니다.

지금은 당신의 기분과 약의 효과가 균형을 이루고 있는 상태라는 점을 기억해야 합니다. 평형을 이루고 있는 시소에서 한쪽 무게를 쑥 빼버리면 시소는 기울어집니다. 우리 기분의 시소는 매우 천천히 기울어집니다. 그래서 약을 끊은 초기에는 기분의 변화를 알아차리기가 어렵습니다. 예상치 못한 시기에 재발을 경험하고 나서야 치료의 효과를 인정하고 다시 돌아오지만, 병은 재발을 반복할수록 심해지기 때문에 그때는 더 많은 약을 더 오래 먹어야 할 가능성이 높습니다.

그러니 의사를 믿고 약을 꾸준히 복용하세요. 기분장애에서 최소 복약 기간은 6개월에서 1년입니다. 만약 그 기간 중 재발을 경험했다면 복약 기간은 더 길어집니다. 적어도 그 기간만이라도 내 몸의 영양제라고 생각하고 규칙적으로 약을 복용하세요. 그러고 나서 주치의와 추후 약물치료 계획을 의논하세요.

만약 약을 먹어도 변함이 없는 것 같다는 생각이 들어 복약을 중단하고 싶다면, 주위 사람들에게도 물어보세요. 정말로 내가 치료를 받을 때와 받지 않을 때 차이가 없는지. 당신을 지켜봐온 가족이나 주변 사람들의 생각은 다를지도 모릅니다.

약을 먹지 않고도 건강한 삶을 유지하고 싶은 당신의 마음을 이해합니다. 당신의 몸이 오랜 기간 재발을 겪지 않고 견고하게 안정되면 약을 차차 줄이다가 중단할 수도 있을 것입니다. 너무 서두르지 마세요. 치료에 있어서 꾸준함과 성실함은 그 가치를 당신에게 돌려줄 것입니다.

정신과에
벽을 느끼는
당신에게

예전보다는 많이 나아졌지만, 여전히 정신과는 다른 병원보다 편히 찾아가기 어렵고 껄끄러운 곳입니다. 'F 코드'에 대한 거리낌 같은 현실적인 문제도 있고, 어떤 의사를 만나 무슨 말을 듣고 어떤 처방을 받게 될까 걱정하는 심리적인 문제도 있습니다.

다행히 이 관문을 넘어 정신과를 방문하여 치료를 받다가도 어느 순간 말수가 줄어드는 나를 발견할 지도 모릅니다. 내 말한 마디 한 마디가 모두 병의 증상으로 해석될까 두렵고, 의사가 나를 제대로 이해하고 있는지 의구심이 듭니다. 나는 약의 부작용이라고 생각하는 몸의 이상을 의사는 증상의 악화로 보아 오히려 약을 늘리자고 하면 뒤통수를 맞은 듯한 배신감마저 듭니다.

주치의에게 할 말과 안 할 말을 고르고 있는 저 자신을 깨달았을 때 예전 제 환자들 생각이 났습니다. 입원 환자들에게 안부를 물으면 "괜찮아요"로 일관하는 환자들이 꽤 많았습니다. 새내기 레지던트로 열정이 넘치던 저는 환자들과 더 많은 이야기를 주고받고 싶었는데 말이죠.

"오늘 기분은 어떠세요?"

"괜찮아요."

"몸 불편하신 데는 없으세요?"

"네, 괜찮아요."

그분들은 이미 몇 번 겪었던 입원 생활을 통해 알고 있었던 겁니다. 자신이 이상을 호소하면 의사의 염려와 관심을 사기보다는 대개 약을 늘리는 결과로 이어지기 쉽다는 것을요. 부작용이라면 부작용에 대한 약 추가, 증상이 악화된 거라면 주요 약 증량, 이런 식으로요. 환자에게는 부작용이 가장 큰 걱정이지만, 의사에게는 병을 놓치는 것이 가장 큰 걱정입니다. 그래서 환자는 약을 줄이고 싶어 하고 의사는 약을 늘리거나 적어도 유지하려 합니다. 저 역시 바쁜 레지던트로 살아갈 때는 환자

들의 불편을 쉽게 쉽게 약으로 해결하려 했고, 그것이 환자에게
도 도움이 되리라 믿었습니다.

그러나 환자가 되고 보니 약 부작용이란 무척 두렵고 불안한
것이었습니다. 주치의가 내 마음을 이해해주지 않을 때는 야속
하기도 했습니다. 지내다 보니 저 역시 환자로서는 조심스럽게
말을 고르고 크게 불편하지 않은 부분은 굳이 꺼내 말하지 않
게 되었습니다. 정신과 의사란 (다소 이상적일지라도) 환자가 마
음에 품은 모든 것을 말할 수 있는 상대여야 하는데, 오히려 보
호벽을 치게 되더군요.

그러던 어느 날, 제 마음을 들여다보았습니다. 저는 부작용
에 대해 상담하고 싶었고 약을 줄이고 싶었지만 그 마음을 숨
기고 있었습니다. 왜 솔직하게 말하지 못할까 생각해보니 저는
주치의를 실망시키고 서운하게 하는 것이 싫었던 겁니다. 또한
의사이면서 약을 꺼리는 제가 의사답지 못하다고 평가될까 봐
두려워하고 있었습니다.

제 심리적 문제를 극복하고 주치의에게 제 상태와 희망을 터
놓고 말했을 때 주치의 역시 자신의 염려를 찬찬히 설명해주었
습니다. 제가 부작용이라고 생각하는 무기력감과 불면을 주치
의는 우울증의 증상이 아닐까 걱정하고 있다고요. 약을 먹는

데도 우울증이 남아 있으니 주치의로서는 약을 증량하는 것을 고려하지 않을 수 없었겠지요.

주치의는 몇 가지 치료 방향을 제시하고 제 의견을 물었습니다. 저는 우선은 약을 줄여보는 쪽을 택했지만, 주치의의 염려를 이해했고 혹시 우울증에 해당되는 다른 증상이 나타나면 약을 추가해야겠구나 마음의 준비를 할 수 있었습니다. 다행히 약을 줄인 후 증상은 나아졌고 주치의와도 좋은 관계를 유지하고 있습니다.

의사에게 바라는 것이 있다면, 혹은 미심쩍은 것이 있다면 언제든지 자유롭게 터놓고 이야기해도 됩니다. 정신과 의사는 경청을 꾸준히 훈련한 사람입니다. 좋은 의사라면 환자의 말을 주의 깊게 듣고 기꺼이 설명해줄 것입니다. 비록 내가 정신과를 찾았지만 환자 취급받고 약을 먹는 것이 싫다면 그 마음 그대로 이야기해도 됩니다. 정말로 약이 필요한 상황이라면 의사는 증상이 어떤 병을 시사하는지, 왜 약을 먹어야 하는지, 약을 먹는 것이 어떻게 도움이 되는지 설명해주고 의논해줄 것입니다.

많은 사람들이 걱정하는 정신과 병명 코드, 일명 'F 코드'에 대해서도 잠깐 이야기해볼까요. 정신과 질환의 질병분류기호가 대부분 F로 시작하기에 정신과 진료를 받는 것을 'F 코드가 붙는다'고도 하는데, 'F 코드' 진료 기록이 있으면 취업이나 보험 가입에 불이익을 받는다는 통설 때문에 아직 정신과의 벽이 높은 실정입니다. 걱정을 덜어드리자면, 의료기관 및 건강보험공단에서 관리하는 진료 기록은 본인과 본인이 동의한 대리인 외 다른 사람이 열람할 수 없습니다. 그러므로 진료 기록을 회사에서 임의로 조회하는 것은 불가능합니다. 한편 보험 가입 시에는 보험 가입자 본인의 동의를 얻어 건강보험공단 자료를 확인하는 경우가 있기 때문에 가입이 제한될 수 있는데, 조만간 관련 법을 개정할 예정이라고 하니 기다려보아야겠습니다.

약을 처방받지 않고 상담치료만 받을 때는 'F 코드' 대신 일반 보건상담 진료 코드인 'Z 코드'로 진료를 받을 수 있습니다. 약 처방이 필요하다면 비보험 진료도 가능합니다. 건강보험을 적용하지 않으면 진료비는 다소 비싸지지만 건강보험공단에 진료 사실이 기록되지 않습니다. 제도적 미비로 개인에게 부담을 전가하고 있는 현재의 상황이 안타깝지만, 정신과 진료 저변이 확대됨에 따라 곧 제도적 개선도 뒤따를 것으로 생각됩니다. 정신과에 대한 마음의 벽이 허물어지고, 힘들 때는 언제든지 찾아와 자신을 토로할 수 있는 창구가 되기를 희망합니다.

병을 알려야 할지
망설이는
당신에게

🍃

"네, 괜찮습니다. 있는 그대로의 자신을 보여주세요"라고 서슴
없이 말할 수 없는 현실이 안타깝습니다. 아직까지 우리 사회
에서 조울병은 많은 오해를 받고 있고, 이름이 비슷한 조현병과
혼동되기도 합니다.

그렇다고 해서 숨기는 것만이 능사는 아닙니다. 자신의 일부
를 숨기고 사람들을 대할 때는 자기도 모르게 스스로 위축되
고, 열린 인간관계가 어려워지기 때문입니다.

저도 처음에는 조울병이라는 말을 꺼내기가 어려웠습니다.
직장을 그만둔 이유에 대해서는 '지병이 있다'든지 '몸이 아프
다'고 둘러대기도 했습니다. 터놓고 말하기는 어렵고 거짓말을

하기는 싫고, 그 사이에서 찾아낸 변명이 스스로도 궁색하게 느껴졌습니다. 새로 만나 조금씩 친해지는 사람들이 제 '지병'에 대해 알고 싶어 할까 봐 서로 이야기 나누는 시간을 알게 모르게 피하게 됐습니다.

그렇게 쭉 지내기에는 저 자신이 너무 힘들었습니다. 우선 친한 몇몇 친구들에게 제 이야기를 해보았습니다. 놀랍다는 사람도 있었고, 믿을 수 없다는 반응도 있었습니다. 이 병이 실제로 어떤 병인지, 원인이 무엇인지 궁금해했습니다. 뒷얘깃거리가 되지 않고 깊이 있는 대화로 진행된 데에 용기를 얻었습니다.

그다음에는 블로그에 조울병에 대한 정보와 저의 이야기를 같이 연재하기 시작했습니다. 처음에는 다른 사람들에게 조울병 이야기를 길게 하는 것이 어려워 '차라리 글로 정리해보자!' 하고 시작한 일이었습니다. 많은 수는 아니었지만 꾸준히 찾아와주시는 분들이 있었고, "나도 조울병인 것 같은데 많은 위안이 되었다"는 말씀을 보내주신 분들도 있었습니다. 고맙습니다.

그 지지에 용기를 얻어 이제 더 많은 사람들에게 저의 이야기를 내놓게 되었습니다. 책을 내고 제 이름으로 병을 털어놓기로 결심한 지금, 저는 한결 더 편안해졌습니다. 처음에는 제 상황을 정리해보고 스스로를 편안하게 하기 위해서 한 타래 한

타래 글을 풀어갔지만, 지금은 조금 더 욕심을 내서, 이 책이 저와 같은 고민을 안고 있는 분들에게 작은 공감과 위로를 줄 수 있다면 더할 나위 없다고 생각합니다.

관계에서 자신을 노출할지 고민하시는 분들에게 친족 성폭력 생존자인 은수연(가명) 씨의 조언이 도움이 될 것 같습니다.

'너 양말? 나 양말. 너 팬티? 나 팬티.' 이 방법은 좀 치사해 보여도 서로 상처를 덜 주고받을 수 있는 것 같다. 그런데도 양말 벗는 사람 앞에서 팬티를 벗고 싶다면 스스로 마음의 준비를 단단히 하면 되지 싶다. 지금까지 한 경험으로는 상대방의 반응보다 더 중요한 것은 말하고 난 뒤의 내 반응이었다. 상대방도 상대방이지만 내가 괜찮으면 괜찮다.
_은수연, 〈눈물도 빛을 만나면 반짝인다〉(이매진, 2012.)

내가 괜찮다는 것은 상대방의 반응이 우호적이어서 내가 괜찮아진다는 것이 아닙니다. 상대방의 반응이 어떠하든 내 마음이 후련해지고 내가 당당해지면 그것이 내가 괜찮은 것입니다.

중요한 것은 사실을 밝히느냐 밝히지 않느냐가 아닙니다. 당신이 괜찮은 것이 중요합니다. 괜찮지 않을 것 같다면 좀 더 기다려도 됩니다. 소중한 당신이 괜찮기를 바랍니다.

아이를
낳을지 말지
고민하는 당신에게

"선생님, 조울증이 있으면 아이를 낳지 않는 게 좋을까요?"

병원에서 정신과 의사로 근무할 때, 한 환자분이 자신이 조울병인데 아이를 낳지 않는 것이 좋을지 제게 물으신 적이 있었습니다. 조증이 악화되어 보호자에 의해 강제입원 당했으나 지금은 증상이 가라앉아 병에 대해 많이 공부하고 진지하게 고민하시는 분이었습니다. 병이 재발해서 한바탕 난리를 치고 병원에 입원해서 치료를 받다 보면 병식이 생기고, 자신이 또 그런 짓을 했다는 것을 깨달을 때마다 너무 괴로워서, 아이에게는 자신의 병을 물려주고 싶지 않다고 했습니다.

조울병은 유전의 영향을 받는 병입니다. 부모가 조울병이라고 아이가 반드시 조울병을 갖고 태어나는 것은 아니지만 발병할 위험이 다른 사람보다 높습니다. 그분의 걱정과 모성애에 마음이 찡했습니다.

결론부터 말하자면 저는 조울병이 가족계획을 결정할 수는 없다고 생각합니다. 아이를 갖고 싶은데 병 때문에 안 낳기로 결심한다면, 아이를 원하는 만큼 병에 대한 원망이 커지고 자신에 대한 부정적인 생각이 깊어질 것입니다. 자신에 대한 미움과 자책감이 커지면 우울증의 위험도 높아지고, 자신도 배우자도 행복하기 어렵습니다. 더욱이 이 정도로 아이를 배려하고 희생할 마음이 있는 분이라면 좋은 부모가 될 수 있을 텐데, 그 가능성이 사라지는 것 또한 안타까운 일이고요.

조울병은 고혈압이나 당뇨처럼 잘 관리하면서 일상생활을 영위할 수 있는 병입니다. 고혈압 환자가 짠 음식을 피하고 당뇨 환자가 단 음식을 조절하듯 조울병은 스트레스 상황을 관리하고 자신을 살피는 데 좀 더 신경을 써야 할 뿐입니다. 만약 아이가 조울병이라 할지라도 잘 치료받고 관리하면 다른 사람들과 어울리고 정상적인 사회생활을 하는 데 지장이 없습니다. 특유의 창의성과 추진력으로 더 훌륭한 성과를 낼 수도 있습니다. 부모가 조울병이라면 병에 대해 잘 알기에, 만약 아이에게 조울병 증상이 나타날 경우 빨리 대처할 수 있고 치료에도 도움을 줄 수 있을 것입니다. 그러니 단지 병 때문에 아이 낳는 것을 거부할 이유는 없습니다.

이와 반대로 아이를 낳지 않기로 결정했다면 그 결정 또한 존중합니다. 그러나 병 때문에 결정'된' 것이 아닌 자신을 잘 살펴보고 결정'한' 결과이기를 바랍니다. 병이 없었더라도 같은 선택을 했을 것이라면 좋은 결정입니다.

저희 부부는 아이가 없습니다. 제 병과 무관하게, 병을 알기도 전에 이미 결혼 전에 약속을 하고 양가 부모님께도 선포하고 결혼했습니다. DINK(Double Income No Kids, 아이 없는 맞벌이 부부)라는 말이 유행하기도 전이라서, "우리 부부는 딩크족이에요"라고 하면 그게 뭐냐고 물어보는 사람들이 태반이었습니다. 아이 없이 둘이서 10년째 연애하듯 잘 살고 있습니다. 서로에게 더 귀 기울이고 아이에게 쏟을 정성으로 배우자를 위하며 둘이 함께 알콩달콩 나이 들어가는 삶이 즐겁습니다. 저희는 원래 이런 삶의 방식을 동경했습니다. 그래서 행복합니다. 아이에게 조울병을 물려주지 않았기 때문에 행복하다고 느끼는 것이 아닙니다.

그러니 부디 '병 때문'이 아닌 '자신의 마음에 따라' 결정하시기를 바랍니다. 어떤 선택을 하더라도 그 선택은 존중받아 마땅합니다. 그 선택이 당신에게 가장 좋은 길로 이어질 것이라 믿습니다.

스스로가
초라하게 느껴지는
당신에게

🌿

치료와 관련하여 가장 어려웠던 때가 언제냐고 묻는다면 저는 병원에서 초진을 받을 때였다고 답할 겁니다. 검사를 위해, 그리고 통원 거리상 의도치 않게 병원을 몇 번 옮기게 되었는데, 저에 대한 정보를 세세히 알리는 초진 시간은 새로운 병원에 갈 때마다 매번 곤혹스러웠습니다.

심리검사를 위해 방문한 대학병원에서 차례를 기다리며 저는 벌써부터 심적으로 지쳐 있었습니다. 의사라는 것을 밝힐까 말까. 레지던트를 하다가 그만두었다는 게 병을 알게 된 계기였고 최근의 가장 중요한 사건이었기에 말하지 않을 수 없었지만, '당신들이 무난히 다 통과한 그 길을 저는 중도 탈락하였습니다'라고 고백하는 것이 세 번쯤 반복되자 스스로 주눅이 들었습니다. 더욱이 대학병원, 한때는 의사로 활개 치고 다니던 공간에 환자로 앉아 있는 내 모습이 초라하게 느껴졌습니다. 예전의 내 모습이기도 했던 가운 입은 의사가 지나갈 때마다 '나는 어쩌다 이렇게 되었을까' 멍하니 생각했습니다.

진료실에 들어갈 때까지도 의사라는 말을 할지 말지 결정하지 못하고 마음이 갈팡질팡한 상태였습니다. 힘겹게 의사라는 사실을 털어놓은 저에게 담당 의사는 진료가 끝날 때쯤 이렇게 말해주었습니다.

"잘 아시겠지만, 양극성장애는 뛰어나신 분들도 많이 오시더라고요. 생각하시는 것보다 정말 많아요."

순간 마음이 출렁했습니다. "괜찮아요. 힘내세요" 같은 상투적인 위로 백 마디보다 내가 괜찮은 사람이라는 이 간접적인 한마디에서 훨씬 많은 위안을 얻었습니다. 왜 나는 병원에 있을 때 내 환자들에게 이런 말을 먼저 건네지 못했을까요.

저도 지금 당신에게 똑같은 말씀을 드리고 싶습니다. 스스로가 초라하게 느껴지는 것은 당신이 그동안 잘해왔기 때문입니다. 방향을 잃고 방황하고 있다 해도 지금은 당신의 잠재력이 잠시 가려 있는 시기일 뿐입니다. 이제까지 당신은 누구보다 노력하고 잘해왔을 것입니다. 남들보다 반짝이는 아이디어로 새로운 길을 열고, 다른 사람들을 능가하는 에너지로 추진력 있게 삶을 개척해왔을 것입니다. 조울병을 조기에 발견하기 어려운 이유 중 하나는, 증상이 심하지 않을 때는 오히려 병이 없는 사람들보다 더 우수한 모습을 보여주는 경우가 많기 때문입니다.

항상 잘해왔던 당신은 지금 멈춰 서 있는 자신이 갑갑하고 견딜 수 없게 느껴질지도 모릅니다. 목표를 상실한 내 모습이 불안하고, 무언가를 해야 할 것 같은 초조함에 괴로울지도 모릅니다. 그렇지만 이럴 때는 그냥 편안하게 모든 것을 내려놓고 쉬어가도 됩니다. 법륜 스님은 "여러분이 아무 생각 없이 산다고 해도 이 자연의 질서, 생명계의 흐름에는 털끝만큼도 위배가 안 된다"고 했습니다. 한 포기 풀이 원대한 목적 없이도 그저 나서 자라고, 지구가 그냥 태양 둘레를 돌듯이 사람도 인생에 너무 많은 의미를 부여하지 않고 그저 있는 그대로 살아가도 된다고요. 제자리걸음 하는 것 같아도 당신은 생명계의 법칙대로 잘 살아가고 있는 것입니다.

지금 스스로 위축되고 혼란스럽다 해도, 당신은 충분한 능력과 잠재력을 가진 사람입니다. 그동안 긴장했던 마음을 놓고 편안하게 자신을 받아들이세요. 당신이 어떠한 모습이라도 괜찮습니다. 병이 당신의 재능과 능력을 일시적으로 가렸다 해도 이 것 또한 지나갈 것입니다. 주눅 들지 마세요. 그리고 절대로, 절 대로 포기하지 마세요.

우리가 함께 일어서기를

직업을 잃고 꿈을 잃고 내가 환자라는 것을 인정했을 때, 저는 제 삶이 완전히 틀어져버렸다고 생각했습니다. 병식이 생기자마자 깊은 우울의 늪으로 빠져든 것은 아마 그래서였을 겁니다.

주어진 길을 흐트러짐 없이 걸으며 모든 것을 착착 완수해낸 사람들은 훌륭해요. 저도 그런 분들을 존경합니다. 그렇지만 제 마음이 무너졌을 때, 건물마다 보이는 수많은 정신건강의학과 간판들 중 어디를 찾아 들어가야 할지 저는 갈피를 잡을 수 없었습니다. 모든 것을 잘해낸 훌륭한 사람들이 나를 이해해줄까 두렵기도 했습니다. 아무것도 잃어보지 않은 사람은 삶의 일부를 잃어버린 사람을 백분의 일도 이해할 수 없다고 저는 절망적으로 생각했습니다.

그때 제 마음을 위로해준 사람들은 평판이든 직업이든 가족이든 자신의 삶에서 중요한 것을 잃어본 적이 있는 사람들이었습니다. 저는 그들에게서 위로를 받고, 그들은 저를 위로함으로

써 우리는 함께 일어섰습니다. 그래서 이렇게 서투르고 못난 나지만 누군가에게는 위로가 되고 희망이 될 수 있을 거라는 생각에 용기를 내었습니다.

처음에는 저를 세상에 내놓는 것이 두려웠습니다. 실패하고 좌절하고 상처 입은 제 모습은 저에게도 생소한 것이었습니다. '꿈을 이루지 못한 게 자랑이냐' 하는 냉소적인 생각도 들었습니다. 그러다 제 꿈이 무엇인지에 생각이 미쳤습니다. 나는 무엇 때문에 의사가 되었나. 한동안 그냥 정신과 의사가 '되고' 싶다는 마음만으로 달려온 것은 아닌가 싶습니다. 그래서 그 '되고 싶음'이 좌절되고 나니 방향을 잃어버리고 절망해버렸던 것이지요. '되고' 싶기 전에 제가 '하고' 싶었던 것은 그저 마음이 아픈 사람들을 도와주고 싶은 것뿐이었는데요. 그 꿈을 이루기 위해 공인된 자격을 따고 싶었던 것이 어느새 진짜 꿈을 가린 가짜 꿈이 되었습니다.

'적은 사람에게라도 진심을 나눌 수 있는 의사가 되고 싶습니다.' 그 생각에 이르고 나니 책을 내는 것이 두렵지 않았습니다. 저와 닮은 사람들에게 따뜻한 말 한마디를 건네고, 혼란스러워하는 사람들에게 작은 이정표나마 보여주고 싶었습니다.

원래의 순수한 꿈으로 돌아온 것이 가슴 벅차고 즐겁습니다. 무엇이 되고 싶은지보다 무엇이 하고 싶은지를 잊지 않고 살아가려고 합니다. 이 책은 그러한 저의 작은 시도입니다. 이 책을 내기까지 도와주신 많은 분들과 저를 지탱해준 가족과 친구들, 그리고 누구보다도 이 책을 읽어주신 당신께 감사합니다.

참고 도서

Sadock BJ, Sadock VA, Ruiz P, Kaplan & Sadock's Synopsis of Psychiatry, 11th edition, Wolters Kluwer, 2015.

Stahl SM, Stahl's Essential Psychopharmacology Prescriber's Guide, 5th edition, Cambridge, 2014.

집필 APA, 대표 역자 권준수, 정신질환의 진단 및 통계 편람(DSM-5), 제5판, 학지사, 2015.

대한신경정신의학회, 신경정신의학, 제3판, 아이엠이즈컴퍼니, 2017.

박원명 전덕인, 양극성장애, 제2판, 시그마프레스, 2014.

데이비드 J. 미클로위츠, 조울병 치유로 가는 길, 시그마프레스, 2013.

바이폴라포럼, 조울병으로의 여행, 시그마북스, 2015.

케이 레드필드 재미슨 지음, 박민철 옮김, 조울병 나는 이렇게 극복했다, 하나의학사, 2000.

대니얼 길버트 지음, 서은국 최인철 김미정 옮김, 행복에 걸려 비틀거리다, 김영사, 2006.

은수연, 눈물도 빛을 만나면 반짝인다, 이매진, 2012.